惡魔的女兒

◉陳雪／著

聯合文叢 688

目次

【導讀】

發出惡臭的寶石

胡淑雯

「許多人從我身上踏過，每個都留下了足跡，但我不記得他們的臉，他們有著相同的身分相同的面目，那些我父親般的愛人，愛人般的父親，他們愛我疼我，也都踐踏了我，……那些傷痕如此美麗，使人忘記了疼痛，忘了害怕。那些傷痕妝點著我的面容使我看來美麗純潔一如初生的孩童，這些男人或許都愛上了我孩童般的身體，正如我愛戀著他們的衰老。」

這是一本早熟的書，在二十二年前的上世紀末，以父女間的性侵、亂倫為主題，思索記憶的曖昧，創傷與自我，救贖的艱難，愛的不可能。

「那是沒有發生的真實事件。」是一本小說。一個少女不願承認的過往。

然而，這本小說來得太早了。因為太早，反而像是來不及，來不及找到她的讀者。於今，在咪兔高峰期逐漸沉澱下來之後，以某種彷彿遲到的身姿，來到這裡，找到我們。

陳雪說，一開始她想寫的，只是一個關於失眠的故事。為了對付自身惱人的失眠症，讀了一大堆與精神疾病有關的書、上網研究、諮詢專家，試著幫自己診斷。卻意外地，發展出創傷記憶這個主題。

小說的結構很簡單，由十三次門診會談，與十三則主角的手記構成。

女主角亭亭去看精神科，她的主訴是聽不見，其實，她並未失去聽覺，有時候，她也會突然看不見，這目盲跟耳聾一樣，都不是來自生理缺損。後來，我們發現，她的核心問題其實是長年的失眠。她恐懼睡眠。小說的閱讀過程，就是一層一層的自我揭露。這個女人隱隱地憎恨著所有跟她上床的男人。早在十二歲，她就已經老了。或許更早，十歲就老了。母親過世後，她成為父親的女人。在初潮可能都還沒來臨之前，在女孩還是小孩的時候，懵懵懂懂，唏哩呼嚕，不特別感覺被迫、只是經常感到奇怪、費力、疲倦地……接收、含納、吞嚥……直到有一天從老師口中得知：原來這種行為，是夫妻間的行為，是生小孩的行為。

從此，她害怕被搖醒，試圖躲避父親，也害怕失去父親。那是她唯一的至親。她不敢向外訴說，尋求解答或幫助。她知道自己是奇怪的。恐懼的女孩恐懼睡眠。而恐懼睡眠的女孩長大後，如何能不成為一個失眠的人？

當年的小說家陳雪，以二十八、九歲少有的成熟度，寫一個少女痛苦的早熟。閱讀這本書，形同與那個無助的少女一起，在注滿汙水的地下道游泳。濕冷、黑暗，而且骯髒。這少女讓自己免於溺斃的方式，就是遺忘。唯有遺忘可以讓自己保有力氣，在看不見光亮的濕冷中奮力滑行，生存、生存、生存下去。以至於，當她成年以後，總懷疑自己記得的，全都不是真的。是妄想，是幻覺。小孩子總是喜歡裝、喜歡幻想，不是嗎？少女這麼告訴自己。她甚至相信，自己是一個撒謊成性的人。也難怪。一個守著祕密的人，總是愛撒謊的。撒謊是一種生存方式。

性，也成為一種生存方式。她總是跟年紀很大的已婚者在一起，她對父親般的男人很有辦法。男人愛她童年般的幼小，她愛他們的老。每跟一個男人在一起，她就會忍不住說出自己的祕密。哪個男人得知了自己的祕密，她就把對方睡上床——只要讓每個知道我祕密的人愛上我，我就安全了。她成為自己眼中的花癡，透過不斷勾引男人，操弄男性的慾望，來保護自己的祕密。

以性為中介，將男人納入共謀——你搞婚外情、搞可以當你女兒的年輕女孩，我搞爸爸。如此，所有的人都不乾淨。所有的人都背負不可告人的姦情。而我的祕密，也得到安放的所在。小說的主角亭亭說，「有時候我懷疑我所說的一切都是為了勾引別人而捏造的謊言，甚至，如果不是因為我曾經發生過那些事，根本不會有人愛我。彷彿因為我經歷過不可思議難以想像的遭遇，我才成為一個特別的女人。」「佩戴著一個神祕的光環，因此而發出光亮。」彷彿在使用受害者的優勢，她一次次經歷並享受著，別人為自己失去理智的樣子。寧願當壞人也不要發瘋，時而渴望瘋狂渴望失控渴望世界大亂，因為，地獄裡什麼都無關緊要，無所謂家庭、道德、倫常，無所謂愛情。

但是，她無法擺脫自恨。在她的自恨裡，躲藏著這本小說中，最大的祕密。她的耳朵開始聽不見。她不願想起、不願承認的某些細節，躲進了症狀裡。

在治療的過程中，主角亭亭提到一件不遠的往事：去年，她在下班的路上被人拖進車子裡強暴，冷靜說服對方使用保險套，「並且竟然潮濕了」。那麼害怕、那麼厭惡、居然還能夠潮濕？「那會不會是身體在保護自己不至於受傷？」醫生這麼問。然而，女醫師的善良同理、女性主義的政治正確，對亭亭來說似乎來得太過輕易。亭亭的強悍在此，受害者的強悍在此。那強悍超越政治，超越理論，超越他人的同理心。

她有快感。被自己父親口交的可怕記憶，連同，自己似乎享受著那快感的、性的記憶，「這樣的羞辱與懊悔」，才是罪惡感的根源。

「很舒服吧？」

「是的，爸爸。」

這是亭亭面臨的雙重傷害。

她始終無法恨爸爸，他是一個慈愛的父親。亭亭拒絕的時候，他會哀求，而她會給，繼續給。「對爸爸，我從來沒有反抗，似乎也覺得自己是自願的。」甚至，大學聯考過後的那個暑假，還發生過，而那是最後一次，她依舊沒有反抗。

「不敢承認有許多次我是覺得舒服的。」

「沒錯，多可怕，我那小女孩的身體，是一旦被撫摸就會柔軟而潮濕的。我這可厭的身體確實得到快感，這才是我最不願承認的，光憑這一點，就足以使我痛恨自己。」

「我無法阻止床上的小女孩，不要享受那不該的快感。」

「我不敢相信，她是自願的。」

「或許，我不想聽見看見的就是這些。」

在此，我們遭遇了這個作品最危險、也最激進的地方。那同時也是小說以虛構的力量，抵達的真實。然而這還不止。亭亭告訴醫生，十二歲那年，她對一個十歲的男孩做過同樣的事。

「姐姐，這樣好痛。」男孩困惑地求饒。

「不是姐姐，叫媽媽。」

受傷的女孩，曾經加害於人。她想知道，別人的反應會是怎樣。別人跟我一樣嗎？她成為一個危險的人，也不斷讓自己暴露在危險之中，想測試自己是否可能做出不一樣的反應。「但每次都沒有反抗。幻想自己會一刀殺了那些人，但事情發生的時候，我的反應跟過去還是一樣。」對爸爸是這樣。對路邊的強暴犯也是這樣。自責與自恨纏繞生根，成為一輩子的事了。

真實。殘酷。不怕骯髒。小說中甚至寫道，亭亭的「內褲經常爬滿螞蟻，因為陰道經常發炎」。那些令人難堪的細節，生肉般發出腥臭的詞語，奇異骯髒地，給出陳述的力量、生的力量。那生，是赤色帶血的生（raw），也是生命的生。「爸爸，為什麼呢？」「爸爸，你是愛我的吧？」沒有答案的人生，只能頑強地生存下去。大概因為這樣，亭亭喜歡抽煙，因為抽煙就像嘆息。

人與人之間，至親之間，如何並無意圖的傷害了彼此？小說沒有答案。然而這不要緊。小說的主題不是「懂」，而是「不懂」。親人是什麼？原諒是什麼？親人的定義，會不會就是「原諒」呢？當時還很年經的小說家陳雪，無疑是渴望救贖的。無形之中，這樣的渴望傷害了這本小說。從美學的角度看，小說給出的救贖並不成功。但是，美學的驕傲，對受苦的人來說，難免陳義過高。因此，小說對角色的溫情，終究，是為了給所有受傷的女孩們，一點點，類似擁抱的東西吧。

「會不會也有某個人在某個深夜裡讀了我的小說而免去了死亡呢？」陳雪這麼自問。

而創傷的神祕之處，在於，我們永遠不知道，就連當事人也無法回答，為什麼有些人死去了，壞掉了，有些人卻得以在破碎中存活，甚至還活得更好。

注：文章標題來自一首日語歌，〈發出惡臭的寶石〉，是枝裕和電影《無人知曉的夏日清晨》主題曲。

【導讀】

畢竟人們都是那樣的孤寂

吳曉樂

曾在網路讀到一篇文章，二十不到的女孩追憶她深陷憂鬱的日子，母親做了兩件事，一是牽回一隻狗，陪在她身邊，一是她母親絕不評斷她所發出的任何聲音。女孩發病以後，性情大變，時而恍惚，時而刻意地在任何場合發出聲音，呻吟有之，歌聲有之，絮語有之，她的母親就只是聽著（女孩確信母親耳朵沒壞），似乎視為再也自然不過的背景音。有那麼一天女孩終於走出幽谷，重返普通人生。她認為自己就是把從前想吞在肚子裡的聲音，都給發完了。而她從母親的反應明白了這件事並沒有錯，於是她好了。我被這個故事裡的隱喻吸引得轉不開思緒、浮想聯翩，神話裡混沌開竅，七孔流血至死，耳聰目明的吾輩人族怎麼不傷筋動骨地活下去？

這就是《惡魔的女兒》方亭亭的疑難。整本小說，以醫生的「診療記錄」與患者交回的「手記」所構成，從頭至尾，空間侷限於診療間，兩名女子是唯二角色，其他人物的形象僅能透過這兩位女子的轉述。小說營造出極其私密的氛圍，十三次對話，讀者成了證人，見證方亭亭如何一點一滴地把自己從記憶中贖還。第一次見面，方亭亭自陳，飽受失眠，偶發性失聰所苦而尋求精神科醫師的協助，試圖釐清緣由，而她很快地即坦白，自生母病逝，她就成了生父逞慾的對象，她經歷了一場不亞於核爆與集中營的災難，自此每一天都成了餘生，而一個兒童要怎麼承擔餘生如此世故的字眼呢？到了這一刻，讀者身影與書中醫生重疊，我們宛若取得了繳獲的密碼本，能夠逐字翻譯那些普通的現象，失眠不再只是失眠，而是少女根深蒂固的逃亡；失聰也不再只是失聰，而是為了活下去，截去壞死的感官、防堵細菌反過來吞噬完好的身分。這幾年我們反覆中辯著記憶與認同之間如何連動耦合，方亭亭竟連記憶也取消，失憶的人如何從荒蕪中建立起認同？或者，正因無從認同，失憶成了義務一舉？

書名《惡魔的女兒》也內藏玄關，純粹讀為方亭亭受父親所累，或譯為方亭亭繼承了父親的濫慾，都不損其意，方亭亭周旋於與父親年紀相若的男人間，不問他們婚姻狀態，也不問這麼做可能，她引誘男人們以性看待她、認識她。她一再跟醫師重申，知曉她的祕密的人幾乎沒有不與她上床的。仔細琢磨方亭亭的苦悶，我們或將察覺，在千禧年以前，世紀末以前，陳雪拋出一個至今我們仍沒有多少進展的問題：兒童有多少「性」的可能。方亭亭回憶童年時的自己，對父親的求歡竟然懂得反應。她事後把這一切錯解為「不知恥」，殊不知這兒的不知，在孩童的意義上，是「不知為不知」，宛如胡淑雯在〈浮血貓〉說的，「她不知羞恥。假如她不怪罪那個人，大人們會說，是這女孩自找的」。而這場精神的戰爭，我們自然也不能略過女醫生的角色，她的觀察力十分敏銳，除此之外，她顯少對一個人的表象照單全收，相反地，她似乎很明白，滅頂之人往往很安靜。這些特質不僅僅是精神科醫師，好像也很適於安放一位小說家。我們在對話之中，洞見了真實與虛構，主觀與客觀，意識與潛意識之間的緊張關係，時而相互補充，時而相互拮抗，在呢喃與鏡照般的對話，動人至深之處在於，方亭亭也親身示範了，要重新長出身體是很困難的，方亭亭屢屢質疑起種種努力無非徒勞與虛妄，甚而殘苦自問，是否只是信了另一個更得體的謊言。但她卻沒有自治療中抽身，她以前進三回倒退兩步的緩慢速率，把人生翻過新的一頁。為什麼呢？方亭亭意志灼然，我們又怎能錯過醫師的真心，「我一直最不願意的就是去干涉別人的生命，因為這不是我應該，也不是我有權力去做的，而我內心真正最誠實的想法呢？我只是希望可以一直陪伴她而已，就像我希望有人可以一直在我身邊陪伴我一樣，畢竟人們都是那樣的孤寂。」

回到文章開頭母親與女兒的故事，沉默不一定總是金，而是毒蘋果，我們必須咳出沉默才可以過起生活。演講最後為什麼我們老是千篇一律地說 thank you for listening，有人傾聽永遠值得感謝，明明說話的你也累了。明明很久以前人們更習於閉上嘴巴傾聽環境的變動因為他們相信生命說話時必然是極小聲的而我們並不能驚動。方亭亭以為女醫師會逕自給她一個病名、對症下藥，女醫師並沒有，她不斷地聽方亭亭說話，直到她們一同抵達了很久很久以前的祕密，這一次她們能更動前人留下的偽史，重擬新局。艾莉絲．孟若自陳她小時候看《小美人魚》被嚇哭，從此希望以小說創造一個世界，讓其中的女性以本來的面目被愛，而我以為這與《惡魔的女兒》幾乎是同樣的一回事。

【新版序】

純真的贖還

陳雪

創傷的發生，第一次是在它發生的當下，而第二次則是在它被遺忘的時候。

而創傷療癒的機會，第一次是在它被記起來的瞬間，第二次則是在它被說出來的時刻。

多年來我經常會忘了自己曾經寫過這本書，即使這是我的第一個長篇小說，即使這也是讓我確認自己可以寫作長篇小說的開端，而這樣的開始與確認，接下來卻是長年的遺忘。這本書在一九九九年出版後，很快就絕版，它是一本幾乎像是不曾存在過的書，很長時間裡我自己手邊甚至也沒有這本書，可是我總會在某個演講或座談的場合遇見某個人，對我提起這本書，我會在演講結束時，遇見某一個女孩，羞怯地拿一封信給我，而信裡所寫的，是她個人的遭遇，她也是一個受過創傷的孩子，被家人性侵，曾經度過無數無助的黑夜，那些信件都寫得密密麻麻，小小的字跡彷彿輕易就會被風吹散，「謝謝你讓我知道，我不是唯一的一個。」那些信裡幾乎都會寫著這樣兩句話。

《惡魔的女兒》這本書正如那些已經被隱匿、掩埋甚至完全遺忘的創傷，它看似消失卻不肯沉默，它看似無形卻一直在發揮作用。它絕版了，卻在許多人心裡存在著。

我想我永遠不會忘記當年我是如何在書店裡找心理與精神疾病的書籍，把一本一本書扛回家，我是如何在電腦裡搜尋創傷與復原相關的資料，在生命最艱難的那段時光裡，我一邊對抗著憂鬱症，一邊在忙碌的送貨生活中，在每天收工後，全家都睡了，我會在深夜裡打開電腦，試著寫一千字小說，那時四下靜靜，連家裡的貓狗都睡了，我敲打著鍵盤，一人分飾兩角，揣想著精神科醫師與病患各自的形貌，編織著他們在診間一來一往的對話。每次寫到方亭亭的手記，我也會陷入一種混亂迷離的狀態，我企圖靠近她的心靈深處，拼湊她破碎的往事，陪她走進記憶的迷霧。因為書寫這本書我閱讀了大量的資料與書籍，我忘卻了自己也被憂鬱症困擾，本來的虛無、絕望、痛苦，都被書寫的狂熱取代了，那些無法成眠的夜晚成為我可以跳脫工作、家人甚至愛情的困擾，成為珍貴的獨處時光。

之前我曾經一次又一次想要逃離那個充滿了手銬的屋子，我曾經試過求助，試過逃家，試過看精神科，為的是想要得到自由，想要可以好好地寫作，而最後，雖然我的人無法離開，但當我走進我的小說裡，每天一千字，寫到凌晨，我願意用白天與夜晚努力工作十二個小時，以換取那短暫的寫作時光，我似乎就是為了寫小說而活下去的，這是我的第一本長篇小說，艱難而禁忌的題材曾許多次讓我感到困惑與迷惘，然而，我珍惜著那每一夜必然會隨著打開電腦檔案而來的靜謐時光，那時我是個寫作者，沒有任何人可以奪走我的創作，我是自由的。

多年後讀完整部書稿，我依然覺得心痛，然而當年寫作時那毫無退路的心情已經不再，這麼多年過去，我成為了一個專職寫作者，我終於得到了我想要的生活。

生命突如其來的創傷可能會改變你的一生，使你萬劫不復，你可能會以為自己已經被弄壞了，被重置了，你不再是自己了，你自認為已經支離破碎，創傷已經將你折斷，而那些創傷還會以各種不同的形式出現在你的餘生，摧毀你的自信，甚至摧毀你整個生命。你會以為自己沒救了，黑暗包圍著你，眼前看不到一點希望。你是個被毀滅過的人，已經失去的純真誰也無法還給你。

多年來我一直在寫小說，寫小說的意義不在於治療自己，也不在於尋找答案，而是在於用藝術的方式，重新理解生命，包括生命的黑暗、破損、髒汙與曲折，也包括去理解人性中的善與惡，以及介於善與之間那難以明辨的灰色地帶，而明辨，思考與理解是一條漫漫長路，是一本又一本寫不完的書。

多年後，我依然想要將這本書獻給那些在黑暗中哭泣，在混亂生活裡碰撞，身上背負著地獄，感覺自己一輩子都沒有機會再恢復純潔與美好的孩子們。

我想對你們說，那些刺進身體裡的荊棘，那些穿透肉體與心靈的毒藤，那些讓你不能啟齒、無法成眠的遭遇，都不是你的錯，被玷汙的潔白，不代表永遠只能塗成黑色，那些傷口將成為你獨特的標記，傷痕也可以是另一種燦爛的起始，只有你自己可以決定你的生命將會如何，已經發生的傷害無法挽回，但我們可以現在、立刻、重新回看自己的生命，重新定義自己的價值。走過地獄，你已經是不一樣的人了，你一定比自己想像得更堅強，才可以倖存至此，我們牢記著那些痛苦，不去躲避它，當它再度使你混亂，悲傷，絕望，甚至想自我放棄的時候，請告訴自己，要為心裡那個悲傷的小孩活下去，只有你可以解救那個孩子，只有你可以陪伴他長大。

原諒自己，握緊自己的心，好好守護它，你已經長大了，往後的路，你要與內心受傷的孩子合而為一，一起好好走下去。

惡魔的女兒

初次門診

每個人都有一些回憶是他不會告訴任何人的，除了告訴他的朋友。還有其他的事，是他連朋友也不會講的，他只會對自己說，祕密地說。然而，一個人還有一些事，是他連自己也不敢講的，每一個正派的人都有相當數量的這種事，深藏在某處。對於有關自己的事，人必定要撒謊。

——杜斯妥也夫斯基《地下室手記》

那天是星期一早上的門診，公立醫院總是有看不完的病人，不到十一點半我的精神已經快耗盡，然後她進來了，病歷上的資料寫著：姓名方亭亭，二十六歲。她的頭髮很長，兩側整齊地梳到耳後，露出小小蒼白的臉蛋，細長的眼睛帶著因失眠而有的黑眼圈、塌塌的小鼻子、塗上淡淡口紅的厚嘴唇，穿著黑色亮面貼身緊包著臀部的短褲，黑色細肩帶低胸背心，白色短靴，並不是特別漂亮的女孩，但微笑的時候有種奇異而冶豔的魅力，從她的穿著也可以看出她對自己的身材有某種程度的自信。

「怎麼了？」

我問她。她晶亮的眼睛四下張望，隨即又注視著我。

「我失眠。」

就像許多人一樣她也是因為失眠的問題來求診，我照例詢問她身體或精神上有何不適，她說自己多年來一直有失眠的毛病，但最近特別嚴重，耳朵有的時候會聽不見，做過各種檢查都找不出什麼原因，內科的醫生覺得應該是精神方面的影響所以介紹到精神科來，曾給院裡另一個醫生做過診療，醫生建議她接受心理治療，因為她堅持要跟女醫生合作所以就轉到我這邊來。

「差不多都沒辦法睡覺，有時候耳朵聽不見會影響工作，這一兩個月我已經瘦了四公斤，而且體重還在往下掉。」

她說。說話的速度有點急促，聲音輕飄飄地，精神雖然不太好，卻有點亢奮，不像一般長期失眠的病人那樣消沉，她的臉部表情非常豐富，形容自己的情況時帶著某種戲劇性的誇張。「最近發生了什麼特別煩惱的事嗎？」

「沒有什麼特別的，晚上就是沒辦法睡，總是要等到天亮才勉強睡得著，但也是睡得很淺，一點點聲響就會把我驚醒，起先我以為是因為精神不好才聽不見的，可是這種情況越來越頻繁的出現，上個星期我正要過馬路因為沒有聽見後面的車子按喇叭，差一點出車禍，更別提燒開水的時候沒聽見水壺的氣笛響了，好像隨時都會出狀況。」

她說話的時候一直不斷用手指把自己兩邊的頭髮攏到耳後，已經很整齊的髮型卻好像不安心似地一再整理著，想把耳朵完整地露出來，或許是她對自己聽力的不信任造成的下意識動作。

「你覺得心理治療有用嗎？」

我問她，雖然我可以推斷她這種突發性的暫時聽力喪失或許跟她的心理狀況有關，但還是得問，需不需要做心理治療並不是醫生單方面可以決定的。

「我也不知道，這是最後一張牌了，做了好多檢查我的聽力真的沒問題，現在我跟你說話也都很正常，我都不知道為什麼會突然聽不見，也不知道什麼時候會聽不見，睡不著又聽不見，我都快要瘋了。你覺得這是精神方面的問題造成的嗎？」

我發現她說話時臉上都帶著微笑，即使她說出「我都快要瘋了」這句話時，也看不見她驚慌的樣子，只是用著她節奏快速卻字句清晰的聲音在形容自己的狀態。

「我想可能是焦慮或緊張引起的，既然做了許多檢查都沒有找出問題，我想從情緒或精神狀況來探討也是一種方式，仔細想一想你有沒有發生過什麼特別重大的事，多久以前的都可以說。」

「我的生活還算蠻平淡的，十歲那年我媽媽去世了，十四歲的時候我爸爸再婚，但是我跟我小媽相處的還不錯，我有一個十二歲的妹妹是小媽生的，我現在在一家唱片行工作，自己租房子在外面沒有跟家人住。」

「還有呢？」

「還有一件事，我二十歲的時候突然想起來的，」她停頓了一下，望著我的臉好像想讀出我的想法似地，然後聲音稍微沉了一點，接著說：「不知道跟這件事有沒有關係？」

「說說看吧！如果是重大的事件應該對你會有某些影響。」

「其實也沒什麼特別重大，事情是這樣的，二十歲那年我不自覺跟某個很親密的人說出了我小的時候被我爸爸性侵犯的事，或者該說是性虐待？我不知道那究竟是什麼情況，我只知道可能持續了好幾年，但是我想起這件事的時候也沒有什麼地方不對勁，晚上睡不著是一直都會的，以前我自己會找出適合自己的方法把生理時鐘調成白天睡覺晚上做事，工作也都盡量做晚班不用早起的，也都適應得還蠻好的，不知道為什麼最近會變成這樣？」

她突然提起被父親性虐待的事，我真的嚇了一跳，使我驚嚇的並不是性虐待的事，而是她說自己一直都不記得卻在二十歲那年突然想起來，然而對一個初次見面的人她竟能這麼輕易地就說出來，這種情況倒是我第一次遇到，「我的生活還算蠻平淡的」，「其實也沒什麼特別重大」，她這麼說，如果不是她故作輕鬆，那麼她形容事情的方式還真是特別，另一種可能就是，她對發生在自己身上的事，都有種置身事外的感覺。

「既然做過許多檢查都找不出原因，我想心理治療確實是另一種方法，至於原因可能需要花一段時間來找。」

我盡可能保持中性的口吻，但心裡不免想到如果真的要為她做心理治療可能得花上很長的時間和心力，以我現在的工作量來說，確實是值得商確。

「所謂的心理治療到底是什麼？當初醫生說我需要心理治療的時候我覺得好奇怪，我只是聽力有點問題而已，又不是心理有毛病，還好我沒有告訴他我小時候的事，否則他可能會要我說我的夢啊！分析潛意識啊！那樣我可受不了。」

她望著我，眼神裡有一種好奇與挑釁。

「需要心理治療並不表示你心理有毛病，更何況並沒有標準可以斷定誰的心理正常誰有毛病，只是你確實需要幫助對吧！一直都睡不著也不是辦法，失眠除了某些疾病引起的，大多數還是跟心理狀況有關係，而心理治療也不像你所想像的一定是做精神分析，至少我都是做談話治療，我不會把你說的每句話都拿來分析的，你不需要太敏感。」

我說。我問她需不需要開藥幫助睡眠，她搖搖頭，微微一笑。

「不用了，我還撐得住，我不想靠吃安眠藥睡著，那種感覺很可怕。」

「你不但對精神分析反感，對安眠藥鎮定劑也很排斥吧！雖然藥物並不是萬能的，能不吃藥就睡著當然最好，不過如果真的需要，適當的藥物也有幫助。」

「真的不行的時候我會說的。我們要怎麼進行心理治療啊！就像這樣聊聊天嗎？」

「我前陣子剛結束一個個案，空出了一個心理治療的時段，不過我想我們還要仔細談一談才能決定要不要做治療，因為心理治療得花很長的時間，可不是想到就來一下，不高興就不來了，這樣浪費我的時間對你也沒好處，所以你要仔細考慮清楚，你星期三下午三點再來一次，到時候給我答覆，好嗎？」

我想我們兩個都需要仔細考慮。

「好，星期三見。」

她非常客氣有禮貌，臉上的笑容幾乎像是生來就掛在那兒似地那麼自然，她所訴說的病徵和經歷和她的舉止中間有怎麼樣的落差呢？她為自己所建造的防衛機制真如表面上看來這麼無懈可擊嗎？當這個防衛的面具一旦瓦解時她會是什麼樣子？我不禁揣想著。

第一次會談

最害怕自己記憶的人，自然也害怕黑夜，當下一切都不存在，像銀幕一般黝黑的空無，同時也填塞了無限即將發生的可能性，當然也包括自己的記憶隨時降臨的可能性，特別是那些引發記憶的誘惑訊號（cues），可以是聲音，可以是影像，可以是一個投注情感的事物，都足以像火藥引線般點燃磅礴壯瀾如山洪般的記憶，不論是愉快或不愉快的記憶。

——王浩威《在自戀和憂鬱之間飛行》

星期三早上她打電話來，說因為臨時有事可不可以改成下星期再來，我察覺到她隱隱地有些抗拒接受治療，便問她：

「是不是不想做治療了？」

「不是，我是真的身體不舒服，哪裡都去不了。」

她的聲音聽起來確實非常虛弱，不像上次見面時那麼輕快明朗。

「好，但是如果你下星期三沒有來，那我們的約定就取消。」

「不會的，我一定會到。」

過了一個星期她果然準時來了。酒紅色高領削肩連身裙，裙擺只到膝上十公分，細跟同色系高跟鞋，對一個來醫院求診的人而言，她的穿著實在過於華麗了。

「為什麼覺得自己需要心理分析治療？」

我這樣開頭，並沒有問她上次失約的原因，也沒有立即詢問她有關性虐待的記憶。

「因為我失眠而且耳朵會聽不見。」

她幾乎毫不考慮就回答。

「失眠的時候你都做什麼？」

我問。

「畫畫，有時候看書聽音樂，偶爾也會寫一點東西，我大學的時候念的是美術系，不過沒有畢業。」

她回答。

「可是你卻在唱片行工作？」

「我喜歡做比較單純的工作，而且我很喜歡音樂，在那裡工作買CD還可以打折。至於畫畫只是興趣而已。」

「如果晚上有那麼多喜歡的事可以做，睡不著也不算太痛苦吧！」

我說。

「但有時候我什麼都畫不出來，而且耳朵聽不到，那時候我會不由自主地撞牆。」

她說，然後把留海撩起來，我看見她額頭上有明顯的傷痕。

「你害怕嗎？」

「我的男朋友很擔心。」

「說說你男朋友吧！」

「妳想聽哪一個的事？」

她又笑了，「其實我會來是因為我男朋友說我精神不正常。」

她說這句話的時候，臉上有一種不以為然的表情。

「你自己覺得呢？」

我問她。

「一個被自己的親生爸爸性虐待了五年的人應該正常嗎？」

她說。兩手交疊十根手指不斷地相互揉搓。

「沒有所謂的應該不應該吧！」

我說。「我並不知道你小時候究竟發生了什麼事，你覺得自己有什麼不正常的地方嗎？」

「我跟他哥哥上床，我也跟他最好的朋友上床，他說正常人不會這樣。他還認為我會聽不見是在逃避現實。」

她說。

「其實你如果只是想到這裡來敘述你混亂的私生活，希望藉此找到方向的話，我覺得你還不如找生命線或張老師。」

我回答，雖然她所描述的性關係確實非比尋常，但我不想把焦點放在這裡；至少暫時不想。

「我當然不是想要你為我指點方向的，只是我認為如果要了解我的狀況就得先提一下他們，畢竟他們跟我算是很親近的。」

「他們知道你小時候的事嗎？」

「知道，我以前跟現在的情人每一個都知道。」

我開始覺得有趣了。從一開始她對我說到被父親性虐待的事那平靜的表情和輕鬆的語氣彷彿訴說的是別人的事，現在她又告訴我這並非一個祕密，她可以輕易地告訴其他人。我看著她始終面帶動人微笑的臉孔，很難想像她耳朵聽不見時會慌張地撞牆的模樣，這個女孩子有一種善於捕捉別人情緒的能力，也許她很懂得博取別人的好奇和注意吧！

「你自己呢？你知道多少？」我停了一下，「或者說，你記得多少？你又是怎麼跟他們描述的？」

通常我不會一下子就這樣問，對於童年的創傷記憶，尤其如果確實像她所說是已經隱抑（repression）多年而後回復的創傷記憶，更不適合用如此輕率的方式談論的，雖然我並不知道她所謂的「父親對我性虐待」究竟到達哪種程度，也不知道至今她是如何面對那些回復的記憶，但得知她對這件事的詮釋與認知是很重要的。

「你想聽嗎？」她微笑了一下，但左邊的臉頰很快地抽搐了一下，很輕微的小動作，她的眼睛閃過一絲不安的神情，但很快的她就恢復了原有的微笑，我可以想見她是多麼善於掩飾自己的情緒。

「如果你想講的話。」

「上次我要來醫院之前的晚上做了一個夢。」

她轉移了話題，但我沒有阻止。

「我夢見自己去看婦產科，醫生說要內診，我說我不要內診，醫生說不行，如果我不內診，他無法為我醫治。後來沒辦法我只好脫掉內褲裙子，躺到診療臺上把兩隻腳張得很開掛在兩邊的鐵架子上，醫生拿出了很大的鴨嘴器插入我的陰道，非常痛，我想大叫但是叫不出聲音，整個腦子裡嗡嗡作響全是回音。然候我突然醒了，耳鳴得很厲害，下腹很痛很痛，我才發現月經來了，整個床單都弄髒了。」

「所以你才打電話來取消預約？」

「是的，我病了幾天。」

「你常做夢嗎？你可以試著把夢境寫下來或畫下來，下次來的時候給我看。這也是治療的一種方法。」

「你願意治療我嗎？」

「心理治療沒有你想像中有趣，你必須要知道自己有什麼地方想要改變，而且要有決心面對自己的內在，所謂的心理治療其實是一種合作的關係，你願意準時依約赴診並且對我坦誠，而我願意竭盡所能的為你解開疑惑找尋癥結，也許我們需要很長的時間才能看出一點點成果，不像吃藥打針那麼有效，你可以做到嗎？」

「你的意思是說我要跟你說每一件事？」

「當然不用，但你得說出你覺得重要的事，因為基本上我是透過你說的話來了解你的。」

「其實我說的那件事不是做夢，是真的；不知道為什麼我會騙你是做夢的，有時候我講話就是這樣，夢裡的事會當成是真的，而真實發生的事會當它是做夢。有時候沒辦法分辨自己的夢跟真實發生的事，其實我不是故意說謊的，但那件事實在太恐怖使我不知不覺這樣捏造。我上個星期真的去看了婦產科。其實原本沒什麼，只是分泌物比較多，我一直拖著不去看，後來陰道發炎得很嚴重。內診的時候真的好痛，歇斯底里地哀嚎把醫生都嚇壞了，他還說，『你這樣以後要怎麼嫁人？』我問過朋友，她們都說是我自己敏感，內診確實會不舒服，但不像我形容的那麼可怕那麼痛，也不知道自己怎麼搞的，就是沒辦法忍受有人拿什麼東西這樣插進我的陰道，就算是醫生也是一樣。」

「你覺得這件事給你很大的影響嗎？」

「做完內診下體痛得不能走路，我男朋友想說笑話安慰我，開玩笑地說，『你又不是沒有經驗？不要緊張就沒事了。』說什麼風涼話，我好生氣，回到家我就趕他走，一個人在房間裡待著卻覺得好像有人躲在什麼地方看我，我緊張地到處找都沒有，後來耳朵就聽不見了，人一下子發狂了似地，額頭上的傷就是這樣弄的。」

「你什麼時候發現自己會突然聽不見的？」

「大概是今年三月中旬的一個晚上，我正在看電影，突然什麼聲音都沒有，還以為是電影院的音響有問題，後來轉頭問我一起去的朋友，才發現他說的話我也聽不見，就這樣，像耳朵裡埋了厚重的鉛塊，把一切的聲音都隔開來，只聽見自己腦子裡嗡嗡作響，彷彿可以看見某種黑色巨大的獸將我吞在口中，這種情況大概持續了十五分鐘，我看著銀幕旁邊的電子鐘，簡直像過了幾萬年似的，在那樣的靜默中腦子裡飛快地播放了小時候的一些記憶，覺得快要不能呼吸。從那時候起大概又發生了七八次，時間越來越長，才開始到醫院做檢查，可是也找不出什麼原因，情況一直持續著。」

「為什麼聽不見的時候會想要撞牆？」

「因為那時候我會看見不想看見的事。」

「什麼事？」

話題到這時候就斷了，她像被拔掉插頭似的，微張著嘴，眼神渙散，睜大著眼睛四處張望像要抓住什麼，我對她說，「不要緊張，慢慢來。」但她沒有反應，眼睛一下子紅起來，她的反應跟表情已不像原先那樣故作輕鬆，我可以體會到她是真的聽不到任何聲音，然後她握緊拳頭猛敲自己的頭，好一會才回過神來。

「對不起，我剛剛又聽不見了。我想今天就到這裡好了。」

「你有寫日記的習慣嗎？」

「我從小就養成了每天寫日記的習慣，但是這幾年就停止了，不過偶爾會胡亂寫一些手記。」

「或許你可以試著寫出自己無法說出口的事，寫失眠的情況，寫你耳朵聽不見時看見的事，或者想像的畫面，什麼都可以，每次來診療的時候給我看，畫畫也可以，或許你會覺得這樣比較容易表達。」

「我回去考慮一下。因為我從來沒讓別人看過我寫的東西。」

「我想書寫和談話一起進行可以幫助我們一起進入問題。」

「如果我真的知道問題在哪裡就好了。你決定要幫我做心理治療了嗎？」

「只要你願意合作，我沒有問題。」

「我盡量。」

「那麼下星期見。」

【手記之一】

你說，寫下你說不出口的事，你看見聽見感覺到甚至只是想像的，你說要我把自己打開，在這本有黑色封面的小本子裡，揭示我陰暗的內在。希望你會是第一個也是最後一個看見的。我不知道如何做到，一支小小的鋼筆，如何塗抹出我混亂而模糊的一生？說出來是困難的，但書寫又何嘗容易，我試著盡量去做，但我總覺得這白紙黑字書畫出的我以及我這個人所思所想，會猶如我的人生般荒唐可笑。

提筆，我寫著，字跡沿著汗濕的手指滑落，薄薄的紙頁承接了那黏稠和潮濕，卻負載不了那無比的沉重。你看得見我所寫出的字句，但我所寫不出的誰能看得見呢？

「我是一個失眠者」，這句話就像貼在我額頭上的標籤似的，從某個角度來看也可以解釋成「我是個失敗者」，不過失敗跟成功對我而言並沒有什麼意義，只是大部分的人都會認為連睡覺都沒辦法自己控制的人，什麼事都不能做好吧！不要緊，反正我也沒有什麼想做的事，只想好好睡覺，睡一場無夢的好覺，醒來後發現自己還有呼吸，地球依然自轉，我沒有在睡夢中死去。

你覺得失眠是什麼？

我這樣問過許多人，得到的解答如下，不會失眠的人說：

「失眠，該睡的時候不睡，不該睡的時候才睡，有毛病。」

「失眠？失眠表示心裡有事，有心結，想不開，鑽牛角尖，所以睡不著。」

「失眠就是睡不著嘛！晚上睡不著，白天起不來。」

「失眠就是夜貓子，生活不正常，晝伏夜出。」

「什麼失眠，吃飽了沒事做的人才會失眠，如果你像我一樣每天工作累得像狗一樣，保證你一沾到枕頭就呼呼大睡。」

失眠的同好說：

「失眠，你可以試試看睡前喝一杯熱牛奶，裡面加幾滴威士忌更好。」

「千萬不要在睡覺前想起不該想的事，讓腦子保持空白，什麼都不要想不要回憶不要憂慮。」

「試著練瑜伽、打坐、也可以在睡前唸心經，總之是要讓自己完全地放鬆。」

「我可以給你我的精神科醫生的電話，或者是我的氣功治療師？按摩師？」

「我覺得睡在席夢思或是金格名床最容易睡著，枕頭也很重要，蕎麥枕、茶葉枕、綠豆枕可以使你頭腦清爽安然入睡，要記得，一張舒適的好床和好枕頭是失眠者的救星。」

「做愛吧！做愛可以讓你心情愉快身體鬆弛，先泡澡，水裡加一點香精油，泡完澡後喝一杯薰衣草茶，讓情人幫你用精油全身按摩，然後你們痛快的做愛，之後一定可以香甜的進入夢鄉。」

「要不要試試褪黑激素藥物？藥房就買得到，聽說沒有副作用。」

「我都是喝啤酒，如果有錢，喝紅酒也行，總之，喝酒吧！喝得很醉很醉，一定睡得著。」

專家説：

「失眠，應該説是睡眠障礙中的一種，所謂的失眠大致必須包含三個條件：難以入睡，半夜醒來後再也睡不著，以及一大早醒來就無法再入睡，如果你發現自己這三種情況都有，那麼，沒錯，你就是失眠了。」

「所謂的失眠，是因生理或精神疾病及心理問題所引發的一種症狀，生理的疾病包括更年期、高血壓、腸胃病、氣喘、甚至癌症，都可能有失眠的症狀，精神疾病，憂鬱症、躁鬱症、精神分裂症早期多半都會先出現失眠的症狀，服用抗過敏、心臟病、關節炎之類的藥物也可能會產生睡眠失調的副作用。至於心理問題，包括壓力、焦慮、恐慌、突發意外事故、或者是創傷記憶，都可能導致失眠的症狀。」

「一般而言，如果排除了內外科的疾病可能，失眠症最好還是需要尋求精神科診斷或心理諮商、治療。」

「失眠症，醫師所能做的不是醫好這個病，而是找出引發此種症狀的根本原因，設法解除這個症狀，也就是說，嚴重的失眠症除了靠藥物減輕症狀引發的痛苦，還需要靠心理諮商輔導或治療來發覺掘致失眠的內在可能因素。」

以下族繁不及備載……

我所得到的答案告訴我，如果你告訴別人自己因為失眠而苦！不會失眠的人會以「你一定是個鑽牛角尖，喜歡胡思亂想，思想很複雜的怪胎」的眼光來看你，同樣飽受失眠之苦的人則會帶著「這種事還是不要說出來比較好」的神情給你一個同病相憐的微笑，他們會告訴你各式各樣對抗失眠的祕方，但你們心裡都清楚，失眠是無藥可解的，這些可以吃的藥只能讓你吃了之後睡著，卻無法治好你的失眠，離開了這些藥物，你還是睡不著，而那些所謂的祕方，也不過是些安慰自己的小玩意而已，對於嚴重失眠的人根本毫無幫助。

很少酒鬼會自認是酒鬼，但失眠者幾乎不約而同地認定自己為失眠所苦，而且會苦苦思索失眠的原因，「我睡不著」這幾個字變成他們的口頭禪，他們忙著想辦法讓自己睡著的時間絕對比真正睡覺的時間多。

白晝與黑夜，其實對一個失眠的人來說並無分別，因為在失眠面前時間本身就是一種酷刑，彷彿可以被無限制延長也可以被不斷縮短，如果一定要以時間為他們的生活劃出一個分界；那這個界線也必定是曖昧不明的。對我而言失眠就是，恐懼睡眠並且慾望睡眠，睡眠這原本再自然不過的生理現象卻成了莫名的煎熬，失眠並非睡不著的同義詞，失眠意謂著失去了自然入睡的能力。

我的情況是晚上幾乎完全無法入睡，但是白天卻經常會不自覺的昏睡，也許我是所謂的夜貓子吧！但問題是只要想起睡覺這件事，我就會不寒而慄。所謂的正常人的生活，都是晚上睡覺白天活動，當然也有某些行業的人是需要在夜晚工作的，於是就被形容成晨昏顛倒作息不正常，被想像成臉色蒼白身體虛弱有黑眼圈的墮落者，而我就是那種不得不成為夜貓子的人。

「為什麼睡不著呢？」

無數次我這樣問自己，因為失眠我失去了非常多東西，不但沒辦法朝九晚五的上班，也沒辦法去旅行，只要離開我熟悉的地方，幾乎完全沒辦法睡，旅行的時候別人都開心的玩，我卻因為睡眠不足而昏昏沉沉，不管睡的是多麼高級的飯店，無論白天多麼累，晚上躺在床上就清醒得不得了，「會不會是認床呢？」我這樣想，但是在自己的床上也是如此，只是在自己的地方我可以有多一點辦法打發失眠的夜晚。只要房裡有另一個人，不管是多麼熟的人，即使是我的情人，我一定不能睡，因此，我從沒有辦法適應團體生活，也無法跟別人同居，我總是在半夜悄悄離開情人的懷抱自己騎摩托車回家，不然就是望著枕邊還在睡夢中的男人香甜的睡容好想掐死他，我更沒有想過結婚這件事，事實上，我所想的只是要如何睡著，如何像別人那樣可以在晚上安穩地入睡。

如果世上沒有睡眠這回事的話，我一定會感覺輕鬆不少，只需要休息而不用睡著，天一黑不用急忙著去努力睡著，如果睡眠可以像食物一般自行補充就更好了，我想像有這樣的商店，只要你走進去，掏出信用卡或鈔票，他們就會送來香噴噴的睡眠大餐，你只需付錢，張開口，就能擁用甜美的睡眠，每個人都同樣享有這個權利。

失眠，沒有經歷過的人不知道這種痛苦，該睡想睡的時候睡不著，卻會在任何不該睡不想睡不能睡的時候昏睡過去，有時你費了好大的氣力才入睡，卻可能因為一點點聲響而驚醒，然後無法再入睡，永遠不能體會好好睡一場覺天亮時香甜的醒來精神感覺好充沛，究竟是什麼感覺，工作因此無法做好，和別人交往也被當成怪物，精神緊繃得像要斷掉的弦，而且你每天都要面對這件事，當然可以賭氣想說好吧我就不要睡了，可是你的身體會向你報復，先是精神衰弱，然候是耳鳴，幻聽，然候吃不下任何東西，記憶力減退，全身每個地方都痛，完全無法思考，更不會有力氣，你就廢了，而且，支持不了幾天你就會累垮，昏睡一場，然後，一切又重新來過，失眠依然不會放過你。當然也可以吃藥啊！用藥物把自己擊昏，可是下場跟不睡差不多糟，你會越來越依賴這些小小的藥丸，越吃藥劑量越重，劑量越重你的睡眠品質越差，而且你的睡眠就只是生物性的睡著，做過的夢都不能記得，記憶力同樣會衰退……想逃都逃不了。

「只聽過缺乏食物和水而死的，還沒聽過因為失眠而死的吧！」

是的，失眠不會致死。它只會讓你發瘋。

當然，也可能是讓人發瘋的事使你失眠。

人為什麼需要睡眠呢？如果不用睡覺，至少不是在晚上睡覺，那我跟別人就不會顯得那麼不同了，現在寫這些句子的時候正是半夜三點，你一定睡得很香甜吧！所以明天早上才有精神工作，大多數的人一定都像你這樣，難道你們都不會有睡不著的時候嗎？深夜裡，可以躺在柔軟的床上安穩的睡著一定很幸福吧！我不知道那是什麼感覺，黑夜從來不會讓我聯想到睡眠，黑夜讓你聯想到什麼呢？

我讓你聯想到什麼呢？當我設法將自己打開，放在你這個我一點都不了解的人面前的時候，我所聯想到的不是恐懼，而是空白。

我對我自己，真是一無所知，這就是我會去找你的原因吧！我真想知道你能夠讓我發現我自己的什麼？

這個星期我每天都在思考睡眠，告訴我，睡眠到底是什麼呢？為什麼會讓我如此害怕？

第二次會談

她穿著午夜藍的露背洋裝，柔軟的群襬曳至腳踝，左腳腳踝戴著細細的銀色腳鍊，黑色高跟涼鞋，她或許連到巷口雜貨店買包香菸都會打扮得非常美麗吧！

她果真帶來了自己的手記，黑色活頁本子裡凌亂地寫了許多頁，有時會附上插圖，她的字時而娟秀時而率真，有些部分則像孩子塗鴉似地笨拙。她撕下已寫的幾頁遞給我。「不要在我面前看，我會緊張。」她說。「以後我會用寄的，你星期一就可以收到，這樣我就不用看你在我面前讀它的樣子。」

「用寄的也好，在你來之前我有充分的時間可以讀。這個星期過得如何？」我問她。

「陰道發炎的現象已經好轉，耳朵有一次聽不見，但只有三分鐘。失眠的情況還是很嚴重，我常常都得喝雞精來補充體力，以前睡不著會喝一點酒來幫助睡眠，不過這陣子胃不大好，對酒精有些敏感。但我還是不想吃藥。」

「為什麼？你這樣失眠白天有辦法上班嗎？」

「因為我上的是晚班，所以我通常白天會睡一下，只是頭腦變得不太清楚，記憶力也不好，但是我想如果我一旦開始吃藥，我可能會服藥過量。」

「發生過嗎？」

「去年有過一次，我吞了幾十顆藥。我討厭自己失去知覺地睡著。」

「去年發生了什麼事？」

「我想情況是從我去年十一月墮胎開始變糟的。」

「你試著說得更清楚點。」

「那時我跟幾個不同的男人上床，我一直都沒有很認真的避孕，好像認為自己不會懷孕，後來月經慢了十幾天，我直覺地認為自己懷孕了，到醫院去檢查果然是，我立刻決定墮胎，第二天就找了朋友陪我去動了手術，很簡單的手術，但是要全身麻醉，所謂的麻醉，真的是徹底的失去意識，然而就在麻藥快退的時候我卻發生了記憶倒溯的情況，好可怕，我看見許多我不知道的事，看見我童年時居住的屋子，發生在那屋子裡的事，就這樣飛快地重演，那種驚人的速度，失去控制旋轉不休的感覺，我逐漸地清醒卻無法真的醒來，有一種熟悉的氣味，熟悉的觸覺，熟悉的恐懼，全部回到我的身體裡。手術之後，好幾天的時間我都無法從那種恐怖的記憶裡退出來，身體變得很虛弱，像是頭腦裡被硬植入了某種外來的記憶，但我很清楚地知道那是真實發生過的事，我早就知道了，小的時候被我爸爸性虐待，原本只是一個概念而已，我在二十歲的時候就確認了，我也是這樣告訴我的情人的，但那之前都只是幾句話而已，一個概念，和幾個破碎的畫面，然而麻醉的時候，更多的畫面出現，而且是非常逼真的反覆在我眼前播放，我沒辦法不去相信那是真的發生過的事，也沒有辦法將它描述出來。我甚至覺得墮胎手術取出來的並不是一個胚胎，而是打開我的下體從子宮裡挖掘出的一部分記憶，然後那個記憶變成身體的一個器官，肉眼看不見，卻不斷地開始動作著，搗亂了我的生命。」

「所以你吃安眠藥自殺？」

「我根本沒有想過自殺。手術之後我開始很嚴重的失眠，好像是刻意的不讓自己睡著，我不想閉上眼睛，因為不知道眼睛閉上我會看到什麼？後來漸漸的意識變得很混亂，常常出現幻覺，整天都是渾渾噩噩的，我不知道自己是在什麼情況下吃了那麼多藥？其實我也不清楚自己是什麼時候買了那麼多安眠藥；然後又是怎樣一口氣統統吃下去？有些事我都忘記了，現在要說我也不記得那時究竟看見什麼，它不見了，剩下的只是恐怖的感覺。雖然我不認為自己那時候想自殺，但是只要手邊有安眠藥我可能就會忍不住一直吃下去。」

「耳朵也是那時候開始聽不見的嗎？」

「不是。那次服藥過量之後，我又可以睡了，可怕的記憶好像也一下子消失了，幾個月以後才開始聽不見，我記得那天我看的電影是《豪情四兄弟》。」

「我想那跟電影有關係吧！」

「那時候我沒有意識到，就只是『噹』的一聲，耳朵就聽不見了。我看著電影銀幕，看見的卻是自己的記憶，又是一個全新的畫面，我從未記起的細節，你知道嗎？到現在我都不敢相信，會有那麼多我所遺忘的細節還在陸續的出現。」

「五年可以發生很多事。」

「五年只是一種推測，其實我現在還沒有辦法為它編出時間順序，那件事是獨立在我的童年生活之外的，就好像是另一個我發生的事，甚至我經常懷疑一切都是自己幻想的，也許是在小說裡讀到的，也可能是電影裡看見，或是別人告訴我的故事。因為，我從那些畫面裡看不到那個是我的過去的小女孩的反應，她好像一直都是面無表情的，我也感受不到她的害怕或痛苦，好像她是個沒有感覺的人。而我卻在這邊為了看見那些事而驚慌不已。或許那個小女孩根本不是我。」

「你能描述你看到的畫面嗎？」

「我不能。」

「你說自己是二十歲那年突然想起來的，那是什麼情況？」

「先說說我的男朋友高朗吧！

高朗是我小媽的堂弟，大我十五歲，已婚有一個小孩，我原本並沒有打算跟他在一起多久，剛開始的幾個月我們並沒有真正的性交，只是互相手淫和口交而已，因為我的陰部非常乾燥，而且只要被碰到就會痛得尖叫起來，他也不勉強我，或許是因為我口交的技術非常高明吧！『簡直是天賦異秉』，他這麼形容我。事情發生那天晚上，我記得，下了很大的雨，我們開車出去吃飯，送我回家的路上，他說前幾天小媽打電話給他，聊起了我，他說小媽一直很擔心我，說我長大後都不喜歡回家，在家裡話很少，那時小媽當然不知道我們的關係，只是以為我跟他很談得來，希望他可以多多開導我。他說：『你真的有什麼地方怪怪的，說不上來，好像你身上同時有好幾個人似的，從小看你就有這種感覺，可能這也是吸引我的原因吧！跟你在一起之後這種感覺更強烈了，我想那是一種可以讓人覺得不安的情緒吧！在你身邊的人都能微妙地感受到那種氣氛，但卻沒辦法正確地理解那究竟是什麼樣的狀態。你表面上跟誰都好，很親切也很乖巧，但是卻讓人感到不安，沒辦法知道你心裡在想什麼？我想你小媽一直都戰戰兢兢地跟你相處吧！雖然你一直都對她很友善，也許就是太友善了才讓她害怕。』他說了很多話，但我沒辦法集中精神，雨下得太大了，大片大片的雨水直落在擋風玻璃上，雨聲很大，他說話的聲音也逐漸加大，我的耳朵嗡嗡嗡嗡地響個不停，我開口說話，但好像是別人在我身體裡發出聲音，恍恍惚惚的，我突然說：『告訴你一個祕密，小的時候，我爸爸叫我到房間裡，脫掉我的衣服，摸我。晚上我都沒辦法睡好，因為不知道什麼時候他會來。』

就是這些話。從我的嘴裡說出來時，我看到一個畫面，一個小女孩光著身體坐在大圓床上，她望著落地窗，雨下得很大，有雨水濺進屋裡來，她聞到某種燒焦的氣味，好像整個房子都燒起來了，她抬起頭看窗外對面陽臺有鄰居的太太正在收衣服，然後有個黑影罩在她眼前，一個人走到窗邊放下窗簾，靠近她。

車子突然緊急煞車。『你說什麼？』高朗大叫，他抓著我的肩膀搖晃我，我好痛。我說了什麼？那些話就這樣從打開的嘴裡流出來了，我不知道，我看著他，我說了什麼？然後我記起來了，是的，他侵犯了我，我忘記了，不只一次，但那燒焦的氣味是什麼呢？其實我一直記得吧！只是記得的那個我被我關住了。

『你確定那是真的嗎？』他說，『我確定嗎？我無法確定，我所能說的只是我知道，我一直都知道但我不說不想不看，它一直存在那裡，我不知道為什麼我會突然把它說出來了，我甚至不知道我以前是否真的忘記了，有些事我把它們存放在另一個記憶的抽屜裡，不去打開，但現在說出來，我知道我沒有說謊。』我回答。

『他到底對你做了什麼？』高朗問我。

『我沒辦法形容，你也不會想聽的。』

『難怪你都沒辦法住在家裡。像你爸爸這麼好的人，很難相信他會對你做出這麼可怕的事。』

『你覺得我在說謊？』

『不，我相信你，你沒有必要說這種謊。』

『我希望我是在說謊。』

然後他沉默了，望著我的眼睛越來越濕，然後他抱著我，我想他哭了，但我並沒有想哭的感覺。

話題就到這裡了。在這種情況之下誰有辦法追問更多呢？尤其這個人是我的愛人，是我們家的至交。

就在那天晚上，我們做愛了，我的陰部終於潮濕，也不再歇斯底里的抗拒，雖然第一次真的好痛，可是我真的以為自己得救了，有一個愛我的人知道了我的祕密，而我可以安心地把自己的身體交給他，我想我可以擺脫惡夢了。

那是我的第一次，但是沒有落紅。他小心翼翼的問我：『他，曾經強暴你嗎？』

我搖搖頭。我不記得了，但是我知道沒有。第一次沒有落紅也不代表什麼，也許是小時候騎腳踏車弄傷了，我好像有這種印象，小時候因為下體流血去醫院……這只是模糊的印象而已。

之後，我變成了一個非常喜歡做愛的女人，而且漸漸不能滿足只有跟他一個人做愛，因為我在台中念大學，只有放假回來台北才能跟他見面，後來我就在學校外面交了男朋友，有時候也會到 pub 去釣男人。我從前是對性很排斥的人，直到我把祕密說出來，就像得到了救贖，我的身體一下子整個張開，充滿了性的氣味，要得很多很多。

高朗對我一直很包容，後來我漸漸明白他的包容是因為他不把我當成正常人來看，他心裡有一種想要拯救我的念頭，非常的縱容我，當然這跟他已經結了婚有關係。」

她一口氣說了很多話，然後又突然斷線似地停住。

「你自己怎麼看待這種關係？」

「其實我也沒有多想，我的人生到了二十歲這個關卡發生了巨大的變化，把我整個人都扭轉過來，多年來賴以維生的信念和記憶至此突然都變得不確定，對於我這個人本身究竟是怎麼回事也全部弄混了，逐漸回頭去看自己過去種種行徑才發現其實我早就不對勁了，從那時候起我就失去了所謂自我這個信念，就像整個人都被掏空了，有時候一個人在屋子裡團團轉，非常焦躁不安，原本我對畫畫很狂熱，也被老師視為極有天分的學生，在學校人緣很好，但我卻不再相信自己的人生了，放下畫筆，關閉自己，沒辦法表達自己的想法，懷疑一切，那時候的我就只想要做愛，好像什麼都不是真的，只有做愛的感覺才讓我知道自己活著，當然快感是稍縱即逝的，可是沒關係，這次過去了還有下一次，總是能有一次又一次，而且那時候的我真是非常有魅力啊！男人都對我好得不得了，心裡有一種只要我能夠在性愛上迷惑別人，就可以對他們予取予求的念頭，其實我也沒有什麼要求的，只要別人非常愛我逐漸不能失去我這種感覺就夠了，這時候我就會想要離開，會發現其實這個男人根本沒有什麼吸引我的地方。表面上看起來我跟一般的大學生一樣，但實際上我已經一腳跨進另一個成人的世界了，過著所謂的雙面女郎的生活，白天繼續到學校去上課，晚上我大部分的時間都跟男人在一起，而且是年紀很大的男人，我會穿上他們為我買的昂貴的衣服，跟他們到各式各樣的旅館玩各種性遊戲，陪他們到酒吧應酬喝酒，坐著他們的高級房車到處去玩，也有用不完的錢可以買任何我想要的東西，那些男人都是已婚的，說穿了這只是一種交易，他們付出金錢，得到性，我付出身體，得到發洩，大家各取所需很公平的交易，我真正付出感情的對象只有高朗，他隱約知道我還有其他的情人，但卻不知道我其實只是在遊戲，直到有一次一個男人的太太鬧到學校去，我就休學了，那時候高朗知道了也沒有說什麼，只是要我搬回台北住，我用之前存的錢生活了很長一段時間，沒錢之後才開始工作，那之後我沒有再拿過任何男人的錢，除了高朗也沒有再跟其他已婚的男人在一起，直到去年，才又開始亂起來。」

「這些事你家裡的人知道嗎？」

「應該是知道，但我小媽一直幫我掩飾，爸爸因為休學的事很生氣罵了我，我幾乎半年沒有回家，後來他們就很少管我了。」

「為什麼高朗沒有生氣？」

「這就是他對待我的方式，他跟我談過，說我會這樣是為了報復，為了糟蹋自己，他怪自己無法保護我，那時候他一直想要我去看醫生，但我不肯，我不覺得自己有什麼問題，雖然有時候會痛苦，但我想痛苦人人都有，我不見得比別人糟，在學校的時候我會因為自己跟別人格格不入而感到錯亂，休學之後我反而覺得輕鬆。我知道高朗一直為我擔心著，原本離開學校後我想要過全新的生活才斷絕了跟那些男人的來往，以為專心的跟高朗在一起可以比較平靜，事情卻不是如此，只是讓我更覺得不安，一心想要破壞點什麼，然後高朗的太太知道了我們的事，弄得雞飛狗跳的，那種情況說實話倒讓我覺得有趣，好像必須一直處在混亂中才能覺得自己活著。這些年來沒有離開高朗是因為他對我的愛之中包含了某種高度的毀滅性，跟我在一起的這幾年，他的工作事業家庭人際關係一點一點地損耗掉，我可以看見他的衰老和虛弱，這樣的感情是我想要的，雖然一點用都沒有。有時候他會覺得我在折磨他，他說我對真心愛我的人有一種隱隱的恨意。」

「你贊成他的說法嗎？」

「該怎麼說呢？我現在這樣跟你敍述的時候，可以看見自己當時的心態，然而那時的我是怎麼想的我卻一點都不知道，我是那種後知後覺型的人，比如說現在手受傷了，我可能會先止血上藥，冷靜地把傷口處理好，然後晚上才會感覺到痛，這是有形的傷看得見，如果是看不見的傷害，可能在很久以後才會發現它對我的傷害有多麼嚴重，看見後遺症一點一點地在體內擴大。有時候我傷害了別人，事後我自己會看見那傷痕回到我身上，怎麼抹都抹不掉。」

「所以你才會在發現自己童年的事之後這麼多年才感覺到傷痛嗎？」

「我感覺到傷痛嗎？我不知道，如果不是因為耳朵聽不見，我也不可能來看醫生，我是先聽不見了，幾次下來情況越來越嚴重，才意識到這可能是自己出了什麼問題。」

「難道你不會感覺到痛苦嗎？」

「有時候會，但是那種感覺似乎被隔離在我的身體之外，我沒辦法形容，好像我的裡面有另一個人在承受這種痛苦，而且她是沒有嘴巴，不會叫痛的。你知道我怎麼感覺那個人嗎？有時候我失眠睡不著，靜靜地躺在床上，會看見自己漂浮在空中，那個自己是一個十歲的小女孩，她正在為我默默地承受無法言宣的痛苦。就是在聽不見的時候看見的那個小女孩，她永遠都沒辦法長大，也不能開口說出一句話。停止跟男人在一起之後我又才開始畫畫的，因為那時候晚上我都一個人，然而我會在每個地方看見她，只有畫畫的時候我可以跟她合而為一，我能夠用畫筆幫她說話，雖然那種聲音是別人聽不見的。」

「我想對你而言真實是很虛幻的吧？真實、感覺、記憶、情緒、這些字眼都是你所無法掌握的，剛剛聽見你在描述痛苦的時候發現你的表情是輕鬆而愉悅的，不過仔細地觀察會發覺你的臉頰有輕微的抽搐。」

「不是輕微，是很嚴重的抽搐，幾乎到了抽筋的地步，只是我掩飾得比較好罷了，當我很認真的要描述自己的時候就會這樣，不過大部分的人看不出來，都以為我根本是玩世不恭嘻皮笑臉。」

「你就是希望給別人這種感覺吧！你認為痛苦是一種軟弱的表現，而且痛苦會讓你不安。」

「從小我一直都努力要表現得很好，以前媽媽還在的時候我很愛撒嬌，媽媽死後每個人看到我都會說：『好可憐啊！你這麼小就沒有媽媽。』但是我很驕傲，好強，功課很好，又會畫畫，從來都不會表現軟弱。但是自從把以前的事說出來之後，我再也不想努力什麼了。」

「差別在哪裡呢？你所謂的說出來之前跟之後，既然你說其實你都記得，只是不去想而已，為什麼有那麼多不同？」

「差別在於沒有說出來之前我還可以當做沒有這件事啊！我記得但是我不知道，

這樣說很奇怪吧！但對我而言就是如此，有某件事情你誰都沒說，連自己都不說，漸漸的它就不再真實了，可是有一天，我對某個人說了，等於就是承認這是真的，是個無法改變的事實，我自己沒辦法適應這種變化，因為我是在毫無準備的情況之下順口說出來的，透過這個我看向世界，世界卻不一樣，因為我已經不同了，好像一個已經切除雙腳的人一直都以為自己還有腳，也可以感覺到雙腳的存在，可是有一天他承認自己確實是個失去雙腳的人了，從此他就成了他所敍述的這個人，再也不能站起來走路，我的情況就是這樣。說得更清楚一點，就是我知道從小就有睡眠的問題，跟別人在肉體上也無法親近，可是我一直都覺得沒什麼，然後我突然知道這些可能都跟小時候的事有關，不管究竟有多大的關聯，我已經沒辦法再相信自己的記憶和感覺了。」

「可是你曾說過說出來之後自己並沒有特別不舒服的地方，聽不見是幾年後發生的事。」

「因為我以為說出來就得救了啊！或者說，之後，我以為自己終於知道答案了，而我不讓自己痛苦，痛苦就再一次被隱藏來了。至於聽不見的原因，這就是我來做心理治療想要找出來的，至於到底是不是跟小時候的事有關，我不知道。或許吧！這不是你應該去判斷的嗎？」

「不是應該，我只能幫你找出你自己知道的，然後加以整理而已。」

「電影可不是這樣演。電影裡心理醫生就像偵探一樣，會幫病人找出問題的癥結。」

「沒有所謂的心理醫生，只有精神科醫生跟臨床心理師、心理治療師，而我是精神科醫生。還有，電影跟真實人生是不同的，因為電影有劇本啊！可是你又不會照著劇本演。如果我按照我所受的訓練照本宣科地為你的每一句話作出詮釋和分析，我想你一定會很生氣吧！」

「那要怎麼辦呢？我以為只要把心裡想的都說出來就可以了？」

「能把心裡想的說出來也不容易啊！你很多事都說不出口不是嗎？甚至連用寫的都沒辦法順利寫出來。」

「這就是我的問題啊！聽不見，睡不著，記不得，不知道，還有說不出來，我這個人就是卡在這幾個地方了，而且越來越嚴重。」

「所以我們現在要把重點放在『你為什麼會聽不見還有睡不著』這點，當然也會談到性虐待的事，談到創傷記憶，但也必須去談你是如何處理自己的記憶。」

「我想今天就到這裡吧！」

「我會仔細看你寫的東西，下次來的時候要討論，你還要繼續寫，別偷懶。」

「好像做功課。」

「沒錯，這是一種功課，也是治療的一部分。」

【手記之二】

風停在天空，雲停在樹上，我停在夢裡！夢中時間總是無限地延長，我看見什麼但我不說，不說是我的原則，有時候我會醒來，發現自己仍在惡夢中，因為現實就是我的惡夢，這時我寧願再回到夢裡，至少可以閉上眼睛，而且不會被別人發現。我說話但不發出聲音，當我抬頭，空中書畫著那些自腦海溢出的字句，那無聲的話語個個都披著血色的外衣。

走過去了，時間、生命、走過去了，我走過去了，但我走來走去卻仍回到原來的地方，有時我會看見風景，一張小小的風景圖片上有一個模糊的人影，那是個沒有臉孔的人，越是想逼近，它離我越是遙遠。

我的時間停在一扇打不開的門上，那扇門的開關已經壞了，取而代之的是厚重的鐵鍊與鏽蝕成綠色的銅鎖，沒有辦法看見那門後鎖住的是什麼，也許什麼都沒有。但我始終在門外徘徊，靜靜的等待著。我只能靜靜地等待。

我聽不見，我被我自己分開，一半在地面，一半在空中，一半在未知，一半在從前，中間什麼都沒有。我望向前方，看見的卻是過去，過去像是我的影子黏在腳跟，但過去發生什麼我不記得，我看見的不是我，那過去的我張開口對我呼喊，說些什麼我聽不見，我或許看見聽見但我不承認，搖搖頭，牆壁朝我撞來，流了血，不痛，這痛楚不在肉體在靈魂裡，我沒有靈魂，也許有，但一開始的時候就已經死了。

一張完全空白的臉，停在我的視線裡，定格、放大、直到整個布滿我的視野。聽見笑聲，輕脆嘹亮，像是要再一次確定自己的存在似地，那笑聲不斷響起，溢出我的聽覺，漫向四方，流水般將整個屋子濡溼，淹沒。那是我自己的笑聲。

這是我白天做的夢。

人們望向這邊，瞪大眼睛看，他們一定都看見了，看見那個小女孩，光著身子站在街角，女孩的手裡握著已經融化的冰淇淋，是草莓口味的，可是她並不知道那種味道有多麼香甜，她只想離開。

【手記之三】

我試著描述記憶運作的方式，奇怪的是我有時是那麼聰明腦子運作如此迅速，有時又是難以想像的遲鈍，空白，一大片的空白，我像看電影似地觀賞自己在這世界裡的樣子，看自己做出那些荒唐可笑的行為，我並非否認那些不是出於自願，只是納悶我幹嘛這樣做？而那個在一旁觀看的自我又是誰？若要說那不是我，但我卻能完整地記憶那些事件，清晰地感受到我做那些行為時內心的感受，當然是在事後，我發現我無法當下記憶；總是要等到事情過去許久之後，像錄影重播似的，每一個細節都清楚地存留在我的腦中，而且會恆久地保留。更準確地說，我像是一個不自覺的導演，下意識地操縱我人生的劇情，想要得到的無非是我人生的影片，當然，是一部劇情片。

有人說愛我，我笑了，他說這話的時候眼睛望著我，但他看見了什麼呢？他看見了我但看不見我的黑暗，看不見我編織出來的謊言完整如美麗的網，看不見我即將一次又一次從現實走向空無，看不見自己將要為這句話付出多少代價。

我愛過嗎？在黑夜的街道上，在他的車裡，我的慾望攀升起來，伸手去撫摸他，他已經等在那裡很久了，撩撥著他的身體，「你根本不愛我對吧！」他按住我的手，我不回答，只是盲目的讓慾望燃燒起來，他將車子開得飛快飛快，「我不想讓你回去。」他大喊著，「從我這裡離開，你馬上就投進他的懷抱是吧！」我探過身去吻他的耳垂，「你在玩火！」他又說，「你這樣會快樂嗎？」他總是有太多的問題，而我也總是不回答。「有時候我真想殺了你。」這句話有許多人對我說過，多可惜，從沒有人真的這麼做過。「不要說話，不要問那麼多問題，我們這樣不是很好嗎？」我說，只要這樣就夠了，「如果我真的愛你！你會更痛苦的。」

我從這個男人身邊離開，就走進另一個男人身體裡，這是我使用自己的方法，最後我還是會回到我那黑暗的屋子，點亮燈火，看著我自己的影子，黑黑黑的黑夜來了，我將要獨自面對這黑暗，輾轉又輾轉，任由天色逐漸發亮，讓第一道曙光使我發痛的雙眼流出無形的淚，漫長而不能成眠的黑暗準時夜夜來煎熬我，我背負著記憶的地獄，地獄的記憶，甚至根本不知道我背負的是什麼？那沉重又輕盈地壓在我背上的是如此巨大又那般渺小，你們這些人的愛能夠挽救我嗎？不能，誰都不能。當我認真去愛的時候地獄就將我抓住了，讓我發狂。變成魔鬼，我那殘缺變形的愛會使我比不愛時更可怕。恐懼與憂傷會讓我扭曲，那時你將會看見什麼呢？你仍會依然愛我如昔嗎？我想，你會寧願不曾認識我。

噓，安靜，不要說話，不要驚醒了沉睡中的惡魔，不要說出不該說的祕密。

夜夜夜夜，我忍耐著不去愛，不去呼救。

不要靠近我。

終於可以睡了，但我的睡是一種昏迷，隱形人猛地用力敲了我的腦袋我就昏過去了，這感覺多麼熟悉，許多年前我就是這樣，白天，我隨時隨地都會睡著，睡眠的獸一張口就把我吞了，我在獸的肚腹裡，被擠壓、推打、揉搓、反覆咀嚼，睜著眼睛看世人在我面前叫喚我，不能動，無法言語，「救我！」我大叫，但發不出聲音，或許我出了聲但他們聽不見，我被隔開了，世界在我眼前但不屬於我，我屬於哪裡呢？這可怕的睡。

可怕的不睡。

我被困在中央了。

第三次會談

她還是精心的打扮，穿著性感的黑色削肩緊身短洋裝，腰上繫著細細的金色鏈形腰帶，頭髮整個挽起在腦後，露出一張蒼白的小臉，整個眼窩都凹陷了，有著明顯的黑眼圈，比上個星期更瘦了，雖然還是不改她慣有的俏皮微笑，但看得出她笑得很吃力。

「你瘦了很多。」

「最近常常吐。莫名其妙的，半夜兩點左右就會嘔吐，好像連胃酸都吐出來了。」

「不會是又懷孕了吧？」

「月經昨天剛來。」

她說話的時候聲音很微弱，呼吸的聲音很大，好像有點喘，不像她從前那種有點快速流暢的語調，說話似乎很吃力。

「剛才來醫院的路上覺得很累，在公車上睡著了，錯過了好幾站。最近常常這樣，晚上都沒辦法睡，白天有時候不自覺會昏睡過去，前幾天在店裡竟然趴在收銀臺上睡著了，同事說怎麼叫都叫不醒好可怕，老闆要我先休息一陣子，說等把身體養好了再上班，我突然就把工作辭掉了，其實那本來就不是我想做的事，雖然我到底想做什麼自己還不清楚。我想這種昏睡的情況是夢魘，我以前就曾經這樣。」

「還記得你什麼時候開始夢魘嗎？那是什麼情況？」

「什麼時候開始忘記了，我只記得在國三那年特別嚴重，那時我單獨住在閣樓裡，晚上睡覺的時候突然醒過來，感覺身體上有什麼重重的東西壓得我無法呼吸，發現自己渾身都不能動彈也沒辦法開口說話，眼睛看得見，但沒看到什麼東西壓著我，只是胸口越來越沉重，連呼吸都會痛，我想再這樣下去一定會死掉，小腿開始抽筋，接著是大腿，然後整個下半身都抽筋了，那種感覺，現在回想起來還覺得可怕，就這樣陷入了絕望和痛苦之中。不知道時間過了多久？總之是到了幾乎放棄的地步，然後突然就好了，身體可以動了，我掙扎著起床，雙腿痛得都發軟了。這樣的情況一直不斷地出現，告訴家裡的人，他們說我一定是被鬼壓床，說這房子可能不乾淨，就帶我去廟裡燒香拜拜，也去找了師父化解，可是情況都沒有改善，到了晚上幾乎都沒辦法睡，有時候趴在桌子上打瞌睡也會被壓住，嚇得我連眼睛都不敢闔上，就這樣慢慢地身體變得很糟，連在學校上課也會出現，後來我病了一陣子，到醫院去檢查，也檢查不出什麼毛病，只說是功課壓力太重，身體太虛弱，打了點滴開了鎮定劑回家吃，那陣子都要吃藥才睡得著，當然還是會夢魘，我漸漸就習慣了，我知道這是我身體的一部分，不要害怕反而比較快掙脫，後來好像就好了。」

「你記憶回復之後，對這件事有什麼解釋嗎？」

「我想，這是身體對我提出警告，那時候剛好是我父親再婚，我們搬到新的地方，危機似乎解除了，我的身體才開始對我提出暗示。可惜那時候我還不懂得那種暗示。」

「後來還出現過這種情況嗎？」

「高中的時候，我跟同學租房子在學校附近住，陸陸續續出現過幾次，大學的時候也會，但次數都很少，不過我知道自從我記起那件事之後就停止了，上個星期回去之後才又再發生。」

「我想我們該多談一談你對睡眠的看法，也許問題出在這裡。」

「睡眠，我不知道，好像國中就開始失眠了，很奇怪的是我晚上睡不著，白天卻動不動就睡著，上學因此變得很痛苦，我總是打瞌睡，每一堂課都睡，嚴重的時候站著能睡，走路能睡，連早上朝會升旗唱國歌都會睡得跌倒，因此被老師罰過不知多少次，好笑的是，我連罰站都會睡著，老師就找家長來談，爸爸說我從小身體不好，請老師多關照，老師說這孩子晚上都在做什麼啊？爸爸說都在看書啊，用功得不得了，怕功課跟不上嘛！事實上他根本不知道我晚上在做什麼，不過我的功課很好，總是班上前幾名，身體不好也是事實，後來老師就縱容我了。我很怕睡覺這件事，因為我的睡眠完全不在自己掌握之內，該睡的時候不睡，不該睡的時候老是昏過去，不是夢魘就是會抽筋，總是一個人孤單單的醒在黑夜裡，沒有人可以救我。我的一生似乎就要這樣過了。」

「就像你在手記裡寫過的，你這麼多年來一直都失眠，尤其是晚上，你有沒有想過，你晚上不能睡也許是因為你害怕？」

「怕什麼呢？」

「你爸爸都是在晚上侵犯你的吧！」

「不只是晚上，如果我沒記錯的話，早上剛起床的時候也會，有時候是傍晚，誰曉得，隨他高興。」

「可是如果是在睡夢中被驚醒那又不一樣。你的手記裡從沒有描述過關於你爸爸的部分。」

「我很難描述真實發生的事，我所能寫的只是『我爸爸侵犯了我』，至於他到底對我做了什麼，我無法形容。」

「可是你說過在墮胎的時候曾經出現記憶回溯的情形，還有你第一次聽不見的時候看見的畫面，應該是跟你爸爸有關的吧？」

「這些跟我睡不著有關係嗎？這世界上有那麼多失眠的人，難道每個人都曾經被自己的爸爸性侵犯？」

「如果你現在不想談沒關係，但你必須明白，或許你自己很清楚只是還不願意承認，你小時候發生的事確實影響了你的人生，況且你既然要做心理治療，我們不可能不去觸及這件事。當然你這些年發生的事也會對你產生影響，我們要一件一件來釐清。」

「或者我用寫的，要我這樣說出來我實在做不到，我越是努力去想，腦子就一片空白。」

「我不會逼你，用寫的也可以，你知道嗎？其實你除了畫畫也很有寫作天分。我想如果你能持續的寫，你可以成為一個作家。」

「我從沒想過要當作家，當初老師也說我在繪畫上有很高的天分，我不相信也不在乎，我只知道畫畫的時候我很平靜，但是寫東西的時候我會變得很悲傷，而且我並不認為我知道自己在寫些什麼？」

「就像你來這裡一樣，起初你不知道該從什麼地方說起，也許說了謊，也許很吃力，心裡也很害怕，但慢慢的你會從自己的話語裡知道更多線索，寫東西也是一樣，我需要你透過各種方式來展露自己，想到什麼都可以說出來，不要認為自己說的話很可笑或者根本沒有用，也不用擔心我會怎麼想怎麼看你。」

「其實我不知道自己來這裡要做什麼？」

「但你還是來了。」

「有時候我會做自己不願意的事。也許沒有人強迫我，但我會說服自己。」

「我覺得你來這裡是因為你想要改變，也許你並不認為改變會更好，但是你知道不改變會失去更多。」

「我已經快要失去一切了。」

「你所謂的一切是指什麼？」

「其實也沒什麼，我的人生根本就是一團糟，或者說我根本就沒有什麼人生可言。」

「你現在仍然跟很多男人來往嗎？」

「我多半跟高朗在一起，只有下雨的時候會找他哥哥高鳴出來，偶爾會跟程宇翔見面，就這三個而已。」

「三個不能說是很少吧！你不會很累嗎？常常失眠，還得在男人面前撒謊，而且，看起來跟這三個男人交往好像是跟同一個男人在一起嘛！他們的共通點都是已婚、中年、無法抗拒你的魅力、而且彼此認識。」

「有時候我覺得我所選擇的男人好像都是同一類型的。」

「可是你還是樂此不疲？」

「起初我覺得這樣很好玩，你知道的，讓很多人慾望著追求著，甚至愛著，讓很多人痛苦不堪，我覺得自己很有魅力。可是，如果這其中有你真正在乎的人而你又傷害了他，而似乎又無法也不願停止這種行為，那時候就會覺得自己很可怕，可是『感覺自己很邪惡很可怕』這個念頭本身就吸引著我，當別人說我很壞的時候，我居然會覺得他們是在稱讚我，有的時候我會難過，我不想傷害誰，但是一轉眼我又會得到快感，好像當他們說我很壞，被我傷害的時候，卻仍愛著我想跟我在一起，這樣的情況下我才能感受到愛的強度。高鳴總說他是著了魔才會愛上我，不騙你，這真是我聽過最動人的一句話。我就是想要別人發瘋似的愛我，雖然有一個發狂的愛人並不是一件多麼愉快的事。去年發生了一些事，我就膩了，可能跟我耳朵聽不見有點關係。」

「去年你發生了不少事嘛！」

「是啊！去年六月跟高鳴在一起，八月跟程宇翔，十一月墮胎，十二月高鳴出了車禍，那次是因為我們吵架，他喝了很多酒，開車回家的路上翻車，然後我就怕了。」

「怕什麼？」

「為了證明自己的魅力而讓別人這麼痛苦一點也不好玩。」

「你覺得自己很有魅力嗎？所以可以吸引這麼多男人。」

「我不認為自己很有魅力，這是別人說的，也許是因為我很性感很聰明，也許是因為我做愛的技術很好。」她笑了一下，「真的，每個人都這樣說，只要跟我做過愛就會上癮了。」

「你覺得他們是因為想要跟你做愛才喜歡你的嗎？」

「就算是這樣也不要緊，我也是想跟他們做愛才跟他們在一起的。」

「真的不要緊嗎？你從沒有因此感到不安嗎？」

「也許有吧！我不知道。難道做愛技術很好不算是一種優點嗎？喜歡做愛也算是人的天性吧！」

「當然算，問題是你會畫畫啊！文筆又那麼好，而且你長得很清秀，身材也很美，這些也是優點吧！難道除了做愛之外你沒有別的喜好嗎？」

「做愛不是喜好，而是一種需求。其實我覺得自己長得很醜。我的外表唯一的優點是身材比較勻稱，但是如果穿上襯衫牛仔褲，那我跟路上每個女孩子看起來都一樣。」

「所以你喜歡穿合身的，性感的衣服？」

「你不覺得那樣比較適合我嗎？剛才我走進醫院的時候很多男人都盯著我看呢。」

「你覺得這樣很滿足嗎？被注目，被讚賞，甚至被當成性幻想的對象？」

「當然啊！誰不喜歡呢？只要不被人吃豆腐就好。」

「你怕被人騷擾嗎？」

「當然，你不怕嗎？誰不怕呢？」

「你覺得自己跟其他人是一樣的嗎？你喜歡跟別人一樣嗎？你不是一直希望自己與眾不同是個特殊又特別的人嗎？」

「你到底想要問什麼？」

她突然被激怒了，但語氣仍是和緩的。

「我想，其實你真正的想法是自己除了被當成性對象之外根本無法吸引別人，自己除了在性方面的表現之外其他的都一無是處，對不對？」

我稍微提高了聲音。她突然刷一下整張臉都變得好慘白。

「你怎麼可以這樣說，我又不是妓女。」

「說得好，你永遠不要忘記你自己說過的這句話。」

「我說什麼？」

「你說，你不是妓女。」

她突然就哭了起來。

這是一帖猛藥，但我想還不至於會讓她崩潰。

她起先是無聲的哭，只是眼淚滴下來，然後慢慢變成啜泣，然後聲音漸大，變成近似嚎叫的哭著，這是一種任誰聽了都會心酸的哭聲。我起身倒了一杯水抽了幾張面紙遞給她。

她慢慢平靜下來，擦乾了眼淚，喝完一整杯水，然後又微笑起來。

「哭出來感覺很好吧！」

「你可真殘忍。」

「能看見你哭不容易吧！」

「我要是每次來都能哭，或許耳朵就不會聽不見了。」

「想起什麼了嗎？要不要說說看？」

「我想，如果我沒記錯的話，小時候，我唯一的期望就是能趕快讓他射精。」

「誰？」

「你明知道的。」

「我想你還是說出來比較好，否則你可能會把他假想成每一個跟你上床的人。」

「我是說，我說的是，我指的是，我爸爸。」

她的聲音變得很小，說出爸爸這兩個字的時候嘴巴似乎不自覺地扭曲，一滴汗從她的額頭上滑下來。

「沒錯，是我爸爸，」她的聲音堅毅了許多，「因為我知道只要他能射精出來，我的工作就做完了，可以去吃飯或睡覺，如果是早上的話，就可以來得及去上學。」

「所以你才說你口交的技術很好？」

「手淫的技術也很棒。這真的是苦練出來的。以前我老是很納悶，為什麼我完全都不敢吃香蕉熱狗香腸茄子任何根狀的東西，我以為自己只是偏食。後來才知道，是吃怕了。」

我真佩服她在這時候還能有幽默感，說實話，她真是少數我所見過非常勇敢的人。

「當初你剛跟高朗在一起的時候，你很自然就接受了他的陰莖嗎？」

「對，好奇怪，第一次看見他的身體的時候，我雖然有點害怕，但是我以為是因為我從來都沒有跟男人親熱過的緣故，但是那種害怕其實倒不如說是膽怯，我一下子就接受了他的身體，他的陰莖，老實說，我真的覺得很美，他慢慢的引導我去碰觸他的身體，我的慾望漸漸就被挑起了，一切都是那麼自然，那時候我真的一點都沒有想起任何不愉快的記憶，只是覺得這個男人長得真好看。不過，高鳴的身體也不遜色，他們都是少見的美男子。後來我記起過去的事的時候，非常混亂，以為自己一定無法跟男人親熱了，沒想到真的一點都沒有影響，很奇怪，不是應該會害怕性接觸嗎？我反而是那之後才有辦法做愛，而且一發不可收拾。」

「或許你覺得想起來而且可以說出來就得救了吧！你是不是一直把高朗當成救命恩人一樣看待？」

「有一點是這樣。至少他一直都努力想要拯救我，他常說：『只要可以使你好起來，就算把我自己犧牲掉都值得』。我覺得我好像會給人這種感覺，愛我的人都會不知不覺想要拯救我。」

「我認為這是你一直想要得到的東西。性一方面使你重獲權力感與自信，一方面是你企圖自我療傷和救贖的方式。然而從另一個角度來看，性也可能使你更加否定自己，因為你會一再落入『自己只有在性的方面是有價值的』這個念頭裡。」

「你知道嗎？我真的好喜歡做愛啊！我常想如果人生可以只要做愛就好了，連一分鐘都不要停下來，那麼我就可以一直感受到我的身體和我的存在，我有一句座右銘『我性交故我存在』，這幾年我都是這麼過的，我還想過，如果去當妓女就好了，既可以做愛又可以賺錢，不過最後我還是沒有這麼做，因為我想我一定沒辦法跟長得很醜的男人做愛，但是我大學的時候情人都是有錢人，每次做完愛我都會要他們給我錢，也許這是另一種方式的賣淫，但我們也都是有情感的，問題是，每次我想要認真跟別人交往的時候，都會忍不住要把自己的過去說出來，因為只有這樣我才有辦法跟他做愛，這種情況簡直就像是儀式一樣，起初我以為自己是要先跟對方坦白，兩個人才能更加親近，接著我們就做愛了，然後我們再也不會提到這件事，可是我知道從此他們就帶著必須要拯救我照顧我的心態來愛我，可是我會越來越害怕，我會懷疑他們其實只是同情我，所以我會想出各式各樣的方式來折磨他們，我會說我只是想要錢，會說其實我還有跟別的男人上床，然而他們卻想著『原諒她吧！她是因為小時候受到嚴重的創傷才會這樣，她是不正常的，但是這不是她的錯』，於是，無論我做了什麼都不會被責罵，都會被原諒。可是我知道，他們越是這樣對我，我會病得更重。」

「你分析得很好。」

「問題是，我根本不知道我究竟變成了什麼樣子？你知道嗎？我最厭惡的是，我不知道我這個人的一切究竟哪個部分是被那件事影響的，有時候我會努力想要好起來，想證明自己無論發生過什麼事都不會被打倒，不願意那可怕的記憶在我身上留下任何痕跡，只要一想起它曾經讓我痛苦了那麼多年，可是竟還要一直影響著我的一生，我就快要瘋掉了，彷彿它還一直在操縱著我似的，但是有時候我不知道怎樣才算好了，當我感到痛苦的時候當我脆弱的時候，我就會好恨自己，你看，那件事還在干擾你，你根本就是懦弱，你就活生生像個受害者。我經常就是這樣矛盾地思索著。越是努力想跟那件事劃清界線，它就越是會一再複製在我的性愛關係和我的夢境裡，從小我就很喜歡寫東西，可是自從我想起這件事之後，我就不願意寫作了，也無法再使用語言來表達自己，因為我不知道怎樣寫怎麼說才不會有它的影子，更不知道我的生命和我的思想如果一定要排除掉這件事，那我該如何完整正確地表達自己，就這樣，我的人生就亂了，一切的一切，越來越不在我的控制之內。」

「所以你才來這裡？」

「是的，不是因為別人說我什麼，而是我需要幫助，不只是因為我的耳朵。我害怕我會發瘋，我更害怕我還沒瘋就先做了瘋狂的事，我怕我會殺了自己，更怕我會先殺了我愛的人。你可以幫助我嗎？」

「我也希望自己能做到，我只能說我會盡力。最重要的是你願意跟我一起來努力。」

「我想今天差不多了。我好像耽誤了你的休息。」

「你時間掌握得很好。下次見了。」

【手記之四】

冬夜，或者是秋夜，我不知道，時鐘擺盪著時間，無聲而嘩然，我不知道，有人來過，有人離開，我不知道，光還是停留在最初的地方，有影子，斜斜地攀在牆上，一雙細長的腿，光滑如絲，我不知道答案。

許多人從我身上踏過，每個都留下了足跡，但我不記得他們的臉，他們有著相同的身分相同的面目，那些我父親般的愛人，愛人般的父親，他們愛我疼我，也都踐踏了我，我的愛一開始就建築在不斷的踐踏之上，於是，我身體上密密麻麻都是傷痕，那些傷痕如此美麗，使人忘記了疼痛，忘了害怕，那傷痕裝點著我的面容使我看來美麗純潔一如初生的孩童，這些男人或許都愛上了我孩童般的身體，正如我愛戀著他們的衰老。

我是有病的你們不知道嗎？

「告訴我你眼中看見的我是什麼樣子？」

我經常這樣詢問我的愛人，現在我問你，你在我身上看見什麼了呢？你看得出我瘋狂的樣子嗎？昨天我看見某家療養院的車子停在我住的那條巷子，墨綠色的車身裝著鐵欄杆的車窗，後車門上有一個方形的小窗，就像我大二那年在電影《羅丹與卡蜜兒》裡看見的那輛將卡蜜兒帶走的車子，我永遠忘不了她的臉貼在那個方形小窗上望向她的母親，望向觀眾席上的我，蓬頭垢面依然美麗絕倫的她，眼神是那麼驚惶無助，以及深深的絕望，那就是瘋狂嗎？我凝視著那車子，久久久久，裡面沒有關著任何人！為什麼沒有人呢？如果它終於一定要帶走什麼人，會是我嗎？我突然失足狂奔。

不，我並沒有瘋！不要帶走我。

為什麼我總是害怕自己會發瘋？

舞著，舉高手臂，伸向黑夜，或顛或狂，身體著了火，燃燒出天堂，步入地獄，停不住，停不住，孩子的臉亮著彩虹，孩子是舞蹈。

孩子光著身子走向黑夜，有人在黑暗深處張開手等著來抓住她，那人戴著笑臉面具，孩子笑了，呵呵呵孩子哼著好聽的歌，天氣有點冷，孩子赤裸的身體縮小成一個黑點，但鬼發現她，孩子閉上眼睛躺下來，累了。流出一點點血。

其實沒有腳步聲，她這樣對自己說。

夜晚，她凝視著房門，彷彿只要專注地緊盯著那扇門，就可以阻止它被打開，門上掛了一個銅製的風鈴，那是她為自己買的，一個小小的守護神，有時風會使它發出清脆的鈴聲，她知道那是一種警告，先是風，然後就是一雙手。

門被推開之前，樓梯會先傳來腳步聲，她總是豎起耳朵貓咪一樣地聆聽，一雙沉重的腳，一級一級地步下樓梯，她什麼也不能做，只是聽著，驚恐著，先是風，然後是腳步聲，然後門被推開，然後，漫長的黑夜來臨了。

必然地，會有人將我抱上樓，必然地那人是他，必然地，我不會抵抗。

必然地經過這一切，而我必然繼續活著。

其實沒有發生任何事，她對自己說。

這是我的幻想，如果只是幻想，當然就不會痛了，她總是集中注意力使自己的身體消失，這是個好方法，再不然，使自己變成另一個不在場的人也可以，既然不在場，別人當然找不到她了，就算找到，那也不是她自己。

否認，否認，相信自己的否認，然後就遺忘了，遺忘之後要找到替代的情節，如果要使自己不在場，就要有自願出來受苦的替代者。夜夜，她跟自己玩著捉迷藏的遊戲，後來，鬼找不到她，她也忘了自己躲的地方。

後來發生什麼事了我不記得，畫面總是到這兒就斷了，那些發生在樓上的事，那些發生在夜晚的床上的事，我不知道自己是否真的看見，或者我不能看見我最不願看見的，我看見但我看不見，我知道但我不知道，我情願自己瞎了。某些聲音傳來，一定有，充塞在那悶熱黏膩的夜晚；許多聲音揮著薄薄的翅膀飛來繞去，但我聽不見，或許，早在多年以前我就已經聽不見了。

我想，那是沒有發生的真實事件。

她害怕入睡，夜夜她睜著眼睛等待天明，其實不睡也無法阻止他來推開她的房門，無法阻止夜裡必定會上演的戲碼，她不讓自己睡著，為的只是不要在睡夢中被驚醒，她要睜著眼睛看清楚一切，她要看見那人確實是白天裡她所愛的，她要永遠記得那人是如何變成魔鬼。

沒想到她後來終於還是忘記了。

正如她有時候好累好累會不小心睡著，醒來後她會好恨自己。

願世界在我清醒之前毀滅。然而沒有，地球繼續轉動，毀滅的是她自己。

告訴我，一個從小就恐懼睡眠的女孩，長大後如何不成為一個失眠者呢？

第四次會談

今天的她非常的清麗，頭髮紮成兩隻辮子垂在耳邊，白色麻布圓領衫褐色同質料的及膝裙，皮質拖鞋露出細瘦的腳趾。由於上次的談話裡提到她性感的穿著其中隱含的性挑逗意味，或許她這樣的打扮是想討好我，讓我認為她的心態已有轉變，但我可以看出這樣的衣著使她的身體放鬆不少。

「這個星期身體怎麼樣？」

「我跟高朗分手了。」

「先說說身體吧！」

「我每天都有睡覺，耳朵每天都聽得見，偶爾胃痛得很厲害，其他都還好，我回了老家一趟，找到了國中和高中的日記，不過裡面關於我爸爸的事一個字也沒寫，倒是寫了我胃不好的事，裡面寫著『每次不想上學我就胃痛，這種痛真逼真，痛得冷汗直冒全身打顫，我懷疑自己到底是不是在說謊，太逼真了，我不想上學，胃就真的痛起來了，結果我哪兒也去不了，真的病了。』我都忘記這種事了，真好笑，我看完日記仔細想想，原來我小時候就會這樣，小學的時候我有心臟病，當然是我裝的，因為班上有個轉學生有心臟病，都不用上體育課，後來我就想如果我有心臟病就好了，連升旗都不用去，結果有一天我就試著讓心臟跳得很急，真的，我的心臟就像我期望的那樣不規則且急速的跳動著，然後我就病了。我都忘了這件事。一直以為自己心臟不好，如果不是那天想起來，我可能一輩子都有心臟的毛病。」

「那麼你想，聽不見會不會也是你偽裝的？」

「不會吧！誰喜歡聽不見？」

「不是喜不喜歡的問題，而是需不需要？」

「你是說我需要聽不見？」

「你會不會剛好有時候眼睛也會看不見？」

她不回答，陷入了長長的靜默中。

「高中的時候會，有時候眼前會一片昏黑，然後就暈倒了。那是因為貧血，加上常常失眠，有時候體力不濟就會這樣，我現在好多了。」

「可是現在你會聽不見啊！這不是你來找我的原因嗎？」

「你是說，我騙你的？」

「我可沒這麼說，只是要你好好想一想，自己曾經出現過哪些症狀（symptom）？究竟還有哪些症狀？」

「如果我是裝的，如果我可以裝得那麼像，如果我想要什麼病就能得什麼病，那我可以告訴你，我寧願我是精神分裂或者根本就瘋了。我寧願我有妄想症，有幻覺，我寧願我跟你說過的一切都是我幻想出來的。其實這種可能性也很大不是嗎？不是有所謂的『虛構的記憶』？」

她的聲音不自覺提高許多。

「先不管那些記憶究竟是真實的還是虛構的，會有這樣的記憶一定有其原因，我們先要來討論你究竟想要躲進哪一種症狀裡？為什麼你會出現這樣的症狀？每一個時期的你都會出現一種症狀，不管是虛構或者是真的，不管你是出於自願或者被迫，你必須去面對這個症狀背後的你自己。是什麼使你必須這樣做？」

「你是說，真正的我躲在那些症狀背後嗎？我為什麼會這樣呢？」

「這正是我們要討論的。你說說看第一次聽不見的時候發生什麼事？」

「我說不出來，我不記得了。」

「你真的不記得嗎？還是不願意去回想？」

「我很難進入狀況。」

「放輕鬆一點，我只是希望知道那天發生什麼事？我們或許可以因此找出你聽不見的原因，你閉上眼睛，試著回想那天在電影院，你是跟誰一起去看的？電影的內容是什麼？演到什麼地方然後你的耳朵聽不到任何聲音，然後你看見了你自己在銀幕上，發生了什麼事？」

「那時是晚上八點多，我和程宇翔一起去看電影，他很迷勞勃・狄尼洛，事先我們都不知道那是什麼樣的片子，只知道有勞勃．狄尼洛，看了一會我就知道這是什麼內容了，因為我實在看過太多美國電影了，美國人就是這樣，什麼電影都能扯到童年創傷，尤其是兒童性虐待，父女亂倫也是熱門話題，我心想也沒有什麼，倒是程宇翔卻有點坐立不安的樣子，一直抓著我的手，後來我才明白他是怕我觸景生情，他這種刻意的保護卻使我反感，我沒那麼脆弱，更可怕的電影我都看過，傷不到我。不知怎地我漸漸開始神思恍惚，心裡一直想著趕快看完電影吧，我頭好痛，胸口很悶，有點喘不過氣來，可能是電影院裡人多空氣不好，我越來越難受，突然間有什麼東西在我眼前裂開了，我聽見很巨大的聲響，正想回頭看看發生什麼事了，然後四周一片靜悄，真的什麼聲音都沒有，我想一定是音響壞了，可是如果音響壞了應該會有人鼓譟或抗議吧！都沒有，我轉頭問宇翔怎麼了？才發現我聽不見自己說話的聲音。然後我回頭看電影銀幕，眼前卻是一片黑暗，慢慢出現一道光，越來越亮，然後我看見自己在銀幕上，一個巨大的畫面停格。」她說到這裡停了一下，深吸了一口氣，然後接著說，「非常的清楚，我看見自己，大概十來歲，光著身子躺在沙發上，我看見爸爸，是他沒錯，我看見他的頭正埋在我的兩腿間，我看不到自己的表情，我的臉側向觀眾席這邊，但臉上什麼表情都沒有，畫面就停在這裡，我什麼聲音都聽不到，但是我非常驚慌，所有的人一定都看見了，我想起身但是動不了，想轉頭但是沒辦法，眼睛只能盯著銀幕上的畫面，想不起來這是什麼時候發生的事，這不是我所記得最可怕的，但我還是怕了，我害怕每個人都會看見，他們會看見我毫不反抗，靜靜地躺在那裡，我為什麼沒有表情呢？我可以哭吧！但是我沒有。後來畫面開始動了，我看見爸爸的頭輕輕的動作著，然後他抬起頭，面對著現在正在電影院椅子上的我，張開口說話了，沒有聲音，但是銀幕上打出偌大的字幕，寫著『很舒服吧！』我的頭皮整個發麻，所有的血液都衝進腦門，因為我看見自己，我的嘴張開了，我說話，字幕又打出來，『是的，爸爸。』我在銀幕上這樣說。我一定瘋了，這不是我記得的，為什麼會這樣呢？」

她張開眼睛驚惶地望著我，我可以想像她所受到打擊和驚嚇，這樣的畫面使她所有的記憶都錯亂了，原本就只就是破碎凌亂的回憶，現在卻出現了新的詮釋，但我明白這種記憶的倒置和錯亂，只是不知道為什麼在這個時候出現，代表了什麼意義？

「是的，爸爸。」我說，「你想這代表什麼呢？再往深處想去，一定還看見了什麼吧！那不是單獨出現的場景，還有其他的，不要因此否定了自己。再想想看，你還看見了什麼？」

「我做不到！我看不見了！」她大喊。

她的臉整個發白，像血液被抽光了似的，這個時候的她正重溫著在電影院裡的那一幕，她所受到的是雙重的傷害，一則是被自己的親生父親口交的可怖記憶，另一則是自己似乎在享受著那種快感的羞辱與懊悔，為什麼會這樣？發生了什麼事？我不知道，這是一件除了她與父親再無第三者可見證的祕密，然而她卻隱抑了當時的記憶以至於當這畫面出現的時候會使她如此驚慌失措。創傷的記憶被脆弱的孩童以極隱密扭曲的方式埋藏在意識底層，埋藏得如此之深，甚至不惜一再地改變對事物的觀感以求自保，對孩子來說，面對恐懼與痛苦最安全的方式就是轉變對其的看法，既然身體無所遁逃，便將心靈遊逸出去，藉由改變知覺的狀態來逃避。他者，此時她仍是他者，與那受創的小女孩仍未連結。

「你先休息一下，我去泡杯咖啡給你喝。」我說。

當我拿著香噴噴的熱咖啡回來時，她已經離開了。

說真的，這時的我也受到了挫折感，是不是我的方式錯誤了呢？剛才我為什麼要離開診療室去泡咖啡呢？我不知道，或許想逃走的人不只她一個吧！我竟失去了應有的冷靜與理智，剛才她在訴說在電影院裡看見的畫面時，我彷彿也看見了相同的景象，一個身為父親的人在對他的女兒進行口交，這種感覺真的很恐怖，使我一時間竟不知如何應對？我質疑自己，這麼多年的執業生涯裡我其實並不曾深入地治療過任何一個童年遭受過性虐待的病人，我真的知道該怎麼做嗎？無力感不知不覺包圍了我。我癱坐在椅子裡。

也許我應該一開始就慢慢引導她讓她徹底的敍述整件事，然而我深知這樣說故事的方式對她這麼聰明的病患是毫無幫助的，她還是只會按照自己多年來對別人所陳述的那樣來描述，對她而言根本不會有幫助，我想我的做法並沒有錯，這原不是一蹴可幾的事，我所需要的是更冷靜更耐心地等待。

問題是，她願意嗎？或許從此後她再也不會來了，而我會繼續我的工作，直到有一天我或許會再度遇到一個有類似遭遇的病人，然後呢？

那天回家我很難得地失眠了。整夜我躺在床上翻來覆去，心想，現在的她也是這樣嗎？無數個夜晚她也是這樣張著酸澀的眼睛直到天明，那時的她在想些什麼呢？她住在什麼樣的地方？房子裡有些什麼東西？她身邊有人可以跟她說話嗎？除了混亂的性生活，複雜的情愛關係，她的生活裡還有什麼呢？她跟家裡的人相處得如何？她有朋友嗎？？？？無數的問號，面對生命的問題時，我自己其實也是一知半解，每天面對這麼多因各種精神病症身心症來尋求幫助的病人，我不知不覺將自己當成了解救者，以為自己無所不能，然而其實我自己也在摸索啊！想到這裡的時候我不自禁用力敲了自己的頭，在一旁熟睡的丈夫醒了，手過來摟住我，「早點睡，明天一早還有門診呢！」

我凝視著他的臉，他說完話又睡著了，我一直生活在安全溫暖的環境中，如果亭亭也能這樣，或許她就不會失眠了吧！問題是，難道有過創傷的童年記憶就注定一生要為這記憶所苦，無法改變嗎？我不相信。

【手記之五】

走在風裡，我變得那麼柔軟，一再地一再地；風揚起了記憶的裙襬，裸裎的雙腿交叉著，露出三角形的地帶，把頭埋進那交叉處；鮮血流出來，一張臉懸掛著，如一個旗幡。我堅硬起來，用力嘶吼著傷痛，卻發不出聲音，有人剪去我的舌頭，留下巨型的空白。

空白空白空白，空白可以生出的事件最多。我是不存在的女孩。

我逃走了，為什麼呢？我可以從醫院逃開，卻無法從我的幻覺裡退出來，第一次在電影院，接著是在唱片行，然後是餐廳、咖啡店，在浴室裡、馬路上、情人的懷裡、在失眠的夜裡，一次又一次，看見他看見自己，他依然是年輕的模樣，我有時是小孩子有時是大人，我們在浴室、在沙發、在床上、在客廳、甚至在廚房，那個破舊的屋子，每一個地方都有他的痕跡，這麼多年之後，他再度侵入了我的身體我的生活我的記憶，奪走了我的聽覺。讓我幾度昏厥，又恨不得永不清醒。

發生了什麼事？我弄不清楚。只知道，我一聽不見他就出現了，或者說當他一出現我就聽不見了，這兩者根本就是互為因果，相伴相隨，而我一點辦法都沒有。

或許，我害怕的不是失去聽覺，而是看見自己，我害怕一再看見那個任人擺布的小女孩，害怕看見自己是如何的順從，如何竭盡所能的設法滿足他，我害怕，害怕看見自己竟在那應該痛不欲生的情境裡竟然面帶微笑、毫無痛苦，這不是我記得的，我不要看見那樣的自己。

但，誰也沒辦法把我從那個地方帶走！時光無法倒流，我無法回到那個時刻，無法知道自己為什麼不反抗，為什麼不逃走，為什麼不痛苦？

我留在這裡繼續被往事糾纏，我動彈不得。

我要講訴那關於誘惑與背叛的故事，是的，我一直沉溺於此，但願我有一個全新的人生，更完整更沒有裂隙，沒有那些前後矛盾一補再補依然破綻百出的謊言，沒有惡夢連連的夜晚，甚至完全沒有夜晚沒有白晝，讓我消失吧！

剪掉了我的長髮，不為什麼，說實話，那天回家後我就拿起剪刀胡亂剪了頭髮，實在太熱了，我從心底熱起來，整個世界像火在烤，剪短頭髮涼爽多了。跟高鳴去澎湖，不知道為什麼他希望跟我一起去玩，帶著訣別的意思吧！真可怕，或許我們會喪生在那美麗的海島上，或許不會；他不再是那個被慾望沖昏頭的可憐人了，其實可憐的人一直是我，他付出了情感和血淚，而我竟然什麼都收不到。

「你有沒有想過那孩子可能是我的？」他又問問題了。

「可能性是好幾分之一。而且一點都不重要。那已經是個不存在的孩子了。」

「你為什麼總是要這麼做？」

「不要管我。」

「我不能眼睜睜看你毀掉自己。」

「我很快樂。」

「你說謊。」

「你以為自己了解我多少呢？」

「那已經是很久以前的事了，不要讓他毀了你。」

「誰說跟那件事有關係？」

「那不是一件事，他已經影響你的全部了。你不要再自甘墮落下去。」

「你太可笑了。難怪我一點都不愛你。」

「你不愛的人其實是你自己。」

第五次會談

我一直在期待星期三的來到，很擔心她會失約，幾次想打電話給她但又忍住了，如果我事先打電話給她，那麼之後這樣的模式會不斷出現，原本的治療關係也會使她誤認為是過去情愛關係的複製，她一貫想以情緒來操縱別人的性格也會更明顯地出現，此後的治療恐怕更難進行。

沒想到星期三那天她準時來了。她換了新髮型，原本濃密的長髮變成了及耳的俏麗短髮，皮膚晒黑了點看起來很健康，穿著白色的短背心，泛白的牛仔半短褲，露出結實的小腿，腳上是白色的慢跑鞋，像個學生。

「你的氣色很好。去旅行了嗎？」

「我去了澎湖，這個送你。」

她送我的是一個紋石刻的印章。

「謝謝，很漂亮。」

「你知道嗎？你是第一個知道我的祕密卻沒有跟我上過床的人，這對我來說意義非凡。」

「謝謝。我們可以開始了嗎？」

「今天要談什麼？」

「你的生活。」

「你是指我跟誰住？住在哪裡？晚上下班後都做些什麼？喜歡吃什麼東西？這類的嗎？」

「都可以，你就像畫素描一樣描繪一下你整個生活吧！」

「要不要從小說起啊？」

「先不用，你從二十歲開始說吧！你跟高朗在一起之後，還有現在的生活。」

「你是說我記起那件事之後？」

「說吧！」

「人家心情很好，本來想跟你說到澎湖玩的事。」她調皮的擠一下眼睛，「好吧！澎湖的事下次再說，我先說我自己。上高中之後我一直都是自己租房子住，有幾個朋友，但是很少來往，時間都用來畫畫和跟男人在一起了，但我絕不跟別人一起睡覺，就算是同床，我也會睜著眼睛到天亮，等到別人起床我才睡，男人老是說『我都沒有看過你睡覺的樣子』，我對別人的睡姿倒是很熟悉啊！很奇怪，跟我在一起的人幾乎都是很好睡的，除了高鳴，他失眠的毛病跟我一樣嚴重，不過他會喝酒，我們在一起的時候，幾乎都不睡覺，所以每次跟他見過面我都會病上一陣子。我喜歡看電影，聽搖滾樂，抽煙，喝啤酒。這樣夠清楚嗎？」

「你喜歡你自己的生活方式嗎？」

「無所謂喜不喜歡，只要不失眠人生就很完美了。高朗說我根本是個空殼子，任何人只要親近我就會知道了，我總是在搬家換工作換情人，總是在生病，而且什麼事都不記得，走路的時候經常會跌倒，出門很容易迷路，東西也老是弄丟，不過我不在乎，每個人都想追求點什麼，我則是一點都不想。」

「你倒是沒有忘記來醫院，而且你跟我說話的時候不會心不在焉。」

「因為我喜歡你啊！我一直都沒有什麼女孩子緣，也不知道怎麼跟女孩子相處，很少女人會像你一樣這麼耐心聽我講話，她們可能是怕我搶走他們的老公或是男朋友。」

「不過你是真的會這樣做吧？」

「倒是真的，可是，我只是好玩而已，你看，表面上看起來那麼恩愛，還不是會變心，禁不起誘惑。」

「好玩嗎？」

「後來就不好玩了，很多麻煩。」

「你一直都很孤單吧？」

「難道你不會孤單嗎？孤單就像是影子一樣，每個人都會有這樣的影子，我只是比較多而已。其實活著真的蠻無聊的。」

「你喜歡畫畫。」

「不只是喜歡，這是我唯一會做的事。」

「你還很會做愛不是嗎？」

「可是畫畫不是為了別人，做愛就不一樣了。」

「你做愛是為了討好別人嗎？」

「我不知道，就像在比賽一樣吧！至於對手是誰我也不知道，我只是一心想要贏，要表現得很好很棒，然後慢慢的我就會越來越行了，這是一種技能嘛！」

「我可是很少聽見別人這樣形容。」

「有時候會很累，真的很累，做愛應該是很美好的吧！我卻沒辦法這樣想，有時候我好想停下來，都不要動，也不要任何人來碰我，我只想睡覺。」

「你是不應該這麼拚的。」

「不行啊！只要一放鬆，我就不知道會跑到哪裡了，做愛的時候，老是會飄到某個地方，好像身體不是自己的，沒有感覺，整個人都呆了。這樣很可怕，我一呆掉就會難過了。」

「有時候難過一下也好。」

「可不是一下，一難過起來就沒完沒了，我不想讓別人看到我那個樣子。」

「其實你哭的時候很可愛。」

「不要騙我了。我根本不相信自己會有可愛的時候。」她頓了一下，「或者說，我不知道所謂的自己是什麼？你知道變色龍嗎？我就像是變色龍，問題是，我連自己本來是什麼色都搞不清楚，這就是我的狀況。」

「你再形容清楚一點。」

「要怎麼形容呢？我討厭一直喋喋不休地描述自己的想法，討厭自己多話的樣子，更討厭自己說了一大堆話其實沒有一句真話，討厭自己說話的聲音，討厭自己的一切。」

「你這樣的評斷似乎有一種標準在，就是你認為自己應該是某種樣子，而不是你所呈現在別人面前的樣子。你一直企圖修正，使自己更貼近你理想中的形象，卻越來越不確定自己理想中的樣子是什麼。」

「好像是這樣，高朗說我很清楚自己不要什麼卻不知道自己要什麼。」

「我注意到你說了幾次『高朗說』，你似乎很認同他對你的判斷。」

「我想他是唯一了解我的人。」

「或者說，他對你的敘述符合你理想中對自我的判斷？」

「我不知道，有時候我會覺得他說的我好像也不是我自己，但至少他的說法跟別人都不一樣，大部分的人都只會說我很可愛，很性感，很迷糊，很聰明，要不然就是覺得我很怪。其實他也不見得說了什麼高明的話，我就是比較相信他，高鳴說我是被他洗腦了。」

「『高鳴說』，你好像很在意你的情人對你的說法。」

「我在意每個人對我的說法，我想知道別人眼中的我究竟是什麼樣子。因為我自己看不見也看不清楚。我也想知道你對我的說法。」

「你對你自己，至少是你所能認知的自己有什麼說法？」

「我不知道，我的想法經常都是對立的，我說過，好像腦子裡有幾個不同的人似的，我很清醒，但控制不了自己，一下子這樣一下子那樣，比如說，我現在可能想要有一個可以長相廝守的人，我想要很深刻地跟某個人相愛，可是三分鐘後我卻忍不住想要做一個蕩婦，受不了一輩子只跟一個人在一起。比如我現在跟你說話我會想把心裡的想法全部掏出來，但這個念頭閃過我又會覺得自己很蠢，我說的話大部分都是謊言，而且我也不覺得自己有什麼必要跟你繼續這種談話。其實在這裡還算好，在外面跟其他人在一起的時候，我常會因為這樣反覆的想法累得不得了，所以我就乾脆只說笑話，或者什麼也不說，很少人能一次聽我說超過兩句正經的話。」

「你害怕表達自己的想法，會不會是因為你認為自己的想法別人不會接受或了解？」

「我不知道。」

「你可不可以試著不要一下子就回答『我不知道』，不管你想到什麼都可以說，無論多麼荒謬不合理或是自相矛盾都可以，不管你說的話是不是你真正想說的，我總得先聽到你的說法吧！」

「或許我一直害怕說錯話。每次我說錯了什麼，都會恨自己。」

「說錯什麼呢？要怎麼說才算對呢？我又不是在跟你口試。」

「有時候我沒有辦法把自己掩飾得很好，順口就說錯話了。」

「有什麼人因為你說錯話而責怪你或因此離開你嗎？」

她沉默了。

「我害怕別人看我的眼神。我好像總是小心翼翼地察言觀色，雖然表面上我好像什麼都不在乎，其實我很害怕別人因此生我的氣。」

「可是你說過，跟你在一起的人都很愛你，為你瘋狂，不能失去你，那你害怕什麼？」

「那是因為我很小心啊！如果我沒有那麼小心，或許沒有人會喜歡我。有時候我也不懂自己究竟在怕什麼，也許我害怕的不是看得見的東西。」

「你想那是什麼呢？」

「我常常覺得自己其實並沒有長大，還是那個十歲大的小女孩。我也知道這樣想很可笑，可是當我慌張的時候，就不自覺會回到小孩子的樣子，那麼無助，那麼害怕，可是我的生活裡並沒有什麼令我害怕的東西啊！我的外表跟內在是不相稱的，所以我總喜歡穿上成熟性感的衣服，不想讓別人覺得我長不大，你也看到了，我比一般人都瘦小，每次有人說我看起來像小孩子我就會生氣，其實我不是生氣，是害怕，好像我其實沒有辦法保護自己，別人一根手指就可以傷害我。我吃很多東西，可是就是不長肉，我化妝，設法讓自己看起來像大人一點，但我一跟別人親近的時候，我內在小女孩的特質就會顯露出來了。」

「或許是因為你總是跟年紀大你很多的男人在一起，而他們又大多是你的長輩，這樣的相處關係更突顯了你的年幼和脆弱。」

「有點像是亂倫關係吧！高鳴的女兒只比我小五歲，另外我說過的高朗的好朋友程宇翔跟我爸爸同年，其他的男人有的甚至比我爸爸年紀還大，我跟他們出去常被當成是父女，有時候我會懷疑自己是不是在尋找一個理想的父親典型。但我討厭自己這樣，好像潛意識是想跟我父親做愛似的，我恨自己這種念頭。」

「為什麼？」

「好像在告訴我自己，以前發生的事都是我自願的。『我喜歡父女亂倫的愛』這個標籤黏在我的額頭上拿不下來，明明不是啊！我也不知道自己為什麼喜歡年紀大的男人？但我討厭我父親對我做過的事，是討厭吧！有時候我不確定，因為在我的記憶中那個我是沒有一點反感的，是現在的我在反對過去的我，可是我又不自覺地一再重返當年的情境。」

「你知道你父親對你做過什麼事嗎？」

「印象很模糊，我不願去想，不想一輩子活在這種記憶裡，難道想起來會比較好嗎？人們不是都說要往前看嗎？不是說時間可以治療傷痛嗎？每次我一提起往事，他們就會叫我別想了，不要讓痛苦的記憶跟隨，不要自憐，這樣一點幫助都沒有。」

「問題是，如果你無法知道過去發生的事，你要如何分辨它在你身上留下的痕跡呢？你又要如何知道當初的你是什麼樣的想法和感受？回憶過去並不是耽溺，也不是懦弱，而是在尋找自我，追究真相。」

「難道我不能跟那件事一點關係都沒有嗎？這麼努力好不容易才活下來，難道就只能活在他的陰影裡？我不要這樣活著。」

「如果你連那件事是什麼？他究竟如何在你生命裡存在著都不知道，要怎麼擺脫呢？」

「可是我現在活得很好啊！難道我看起來像個受害者嗎？」

「你來這裡不是為了要讓自己更好嗎？如果你沒有意願想要跟我一起把自己的問題找出來，你花這麼多時間來做治療有什麼意義呢？」

「問題是，你能告訴我什麼是更好的生活嗎？想起更多，就算能把過去每一件事都想起來，我就會改變嗎？你能保證我不會發瘋嗎？我光是想起一點點就要瘋了！難道你要讓它繼續傷害我嗎？經過這麼多年之後，還要我一遍一遍去重新經歷那些日子嗎？那我還有救嗎？」

「那麼你為什麼一開始就要告訴我呢？」

「這只是我的習慣而已。我不想隱瞞你。」

「不只是這樣，這不只是習慣而已，你過去對你的情人所說的也不只是要博取同情或是坦白祕密，你是在求救你知道嗎？你的身體在求救，你的潛意識在求救，你在求救並不是因為你是個受害者，而是你無法掌握自己的生命，你試過自我療傷，也試圖遺忘，試著掙脫，試著麻木，試著超越，所有你能做的你都做了，但還不夠，所以你來了。對嗎？」

她癱在椅子裡，低聲的說，「沒有人可以救我。」

「不是的，你已經不是當年那個孤立無援的小女孩了，不要害怕，這裡只有我跟你，我不會傷害你，你也不會讓自己受到傷害，他不在這裡。」

她瞪大眼睛看著我，「你說什麼？」

「你仔細看看四周，真的，他不在這裡。就算他在這裡，也無法再傷害你了。」

然後，她靜靜地望著我，許久許久，美麗的眼睛裡似乎有淚水在打轉，我等著那淚水滴下來，然而並沒有，她深吸了一口氣，搖搖頭，淚水自她眼中消失。

「我媽媽是骨癌去世的，拖了一年多，我上小學之後幾乎都在醫院裡照顧她，我親眼看著她斷氣的，死得非常痛苦，之後我的生活裡就只有我爸爸了，很難想像他不在我生活裡的樣子，雖然我常常想，如果我是孤兒就好了，可是每當我爸爸身體有什麼病痛，我比任何人都用心照顧他，即使明明無法跟他單獨相處，也會硬著頭皮去看他，後來每次我很久不回家，小媽就會打電話來，說我爸爸氣喘又發作了，我就會乖乖的回家，即使明知道他只是在找藉口。我想我並不恨他，但我不喜歡自己總是順從他。」

「他很知道要如何控制你。」

「我也不知道自己在想什麼？或許我一直太依賴他，或許是我自己不想離開的。」

「你覺得他無所不在，即使是在這裡嗎？所以你無法說出你的想法？」

「我並沒有意識到他的存在，只是我一直都沒辦法把心裡的話說出來，即使我說了，也會變成另一種樣子，跟我原先想的毫無關係，我真的弄不懂表達自己究竟是怎麼回事。」

「你現在做的就是表達自己，把你想的說出來，然後往話語裡你所說的事件中去挖掘自己的感受，當你腦中閃過某個片段，就追著它，跟蹤它，找到它棲身的地方，看清楚它的模樣，然後說出來或著寫下來，讓它具體成型，你就不會懷疑一切只是你自己的想像。也不會一再反覆修改自己的記憶和感覺。」

「我懷疑他在我身上埋下了追蹤器，很好笑吧！我真的常常這樣想，自從聽不見之後，他的形象就經常出現在我的身邊，很準確，我一聽不見，就會看見他，我甚至懷疑他是不是給我作法了，或者是我瘋了，『你是瘋子』這個念頭一直出現在我腦中，我不管告訴誰我會聽不見，別人都不相信，也許我說的話誰都不相信。」

「我覺得你小時候一定用過聽不見或看不見來解離，現在會再度出現一定是某種情境使你聯想到小時候，只是你自己還不知道。」

「我不知道的事實在太多了。難道這一切都是因為我小時候的事嗎？」

「當然不能把所有問題都歸咎於此，但這或許是個源頭，自從你母親死後，你的人生出現了一個巨大的斷裂，加上你父親對你做的事，在你二十歲那年記憶回復之後，出現了另一個新的更劇烈的混亂，然後是去年，我想去年一定還有某些事對你產生了撞擊，這一個又一個的變化到此達到頂點，你的身體和心理都無法再負荷，所以出現了聽不見、失眠、情緒失控等等情況。」

「我想，我得花很長的時間才能釐清這一片混亂吧！」

「不要急，至少你已經跨出一步了。」

「只是一小步，還不知道是向前還是往後退。」

「慢慢你會知道的。」

【手記之六】

傍晚，她來到浴室，他在裡面等著，溫暖的水滑過身體，柔軟的泡沫像無數小小的嘴吸吮著，她坐在矮凳子上，他站著，她閉上眼睛，他要她睜開眼看，他形容著女人的身體是怎樣的美好，他伸手向她，索取著，哀求的眼神，或許他哭了，但她沒有，她專心地望著浮在水面上的泡沫，看見燈光照在上頭產生的色彩，她那麼專心地凝視著，直到泡沫逐漸變小融化，她望著已逐漸冷卻的洗澡水看見自己的臉，發生了什麼不重要，重要的是已經結束了，今天過去了。

水面上漂浮著白色的液體。黏稠稠的，沾濕了她的手，他離開了，她很仔細的將手洗乾淨。但眼睛裡留下的白色的陰影洗不掉了。

夜晚，影子爬上她，有什麼在她的嘴裡膨脹，濕軟腥臭，她的眼睛失去焦距，肌肉痠疼，她想要呼吸但是不能，嚥不下吐不出，那個物體穿透了她的喉嚨，停在那裡，口水沿著嘴角流下來，然後它更巨大了，充滿了她的口腔，不斷地衝撞摩擦她的舌頭，一下一下地抽插著，時間變得好漫長，而伴隨著那劇烈的動作而來的是她漸漸麻木的臉，這麻痺感擴大到她的頸子、胸膛、手腳四肢、然後是全身，她的身體不再有感覺，麻木了，然後她看見自己向上漂浮，她的意識飛離了她的身體。

她一分為二，或者更多，其中之一飛到天花板上看著底下的自己蹲在沙發前，看見他兩手把她的頭用力按在他的腹部。

「吸啊！快點。」

我親眼目睹自己的身體如何被掀開，如何被擺弄，如何一再順從他滿足他的慾望，我逃不了因為我其實沒有逃，我靜定在那裡，我在我自己柔軟的監牢裡。

然後我消失。留下的是我的空殼。我的空殼任他擺弄，反正我是沒有感覺的。

經常我的身體都是麻木的，東西拿在手裡一失神就滑落在地，常常不自覺碰傷了手腳，洗澡的時候總會發現很多不知道什麼時候製造的瘀青傷痕，我必須用力咬手掌讓自己疼痛來提醒自己的存在，「老是在做白日夢」，情人總是這樣說，我並不是在做夢，而是我暫時脫離了現實，退下去了。退到什麼地方呢？我並不知道。

我坐在牆角的位子，身體貼著牆壁四下張望，凝視著每個開門進來的人，不讓他們逃出我的視線，然後朋友來了，拉開椅子坐下，他說了什麼我沒聽見，我仍然注意著來往的人們，聲音越來越大，我感覺每個人的臉孔都貼著我，他們的口水都滴在我的臉上，他們的身體不斷地變形扭曲，許多的話語不斷落進我的耳朵，我的腦子一下子繃斷了。那個聲音大聲地說。

「你很喜歡吧！我就知道。」

沒有沒有，我聽不見。

第六次會談

回顧過去五次的診療，我並沒有刻意的引導她談論任何內容，反而天馬行空放任她說出任何想法，雖然偶爾會提出一些問題，但我仍是順著她思考的脈絡而行，也許這樣的做法無法在短時間內看出成效，但我認為這是取得與她之間的信任與默契的好方法，因為她是非常善於察言觀色的人，而且經常會不自覺的討好對方，巧妙地修正自己的觀點來迎合對方，她這樣的習慣是為了保護自己，但如果我不斷對她施壓，想引導她說出什麼，反而有可能使她因防衛而說謊，或更努力將自己隱藏起來。

今天的她，鵝黃色的半短袖襯衫，敞開的領口露出美好的頸子，戴著銀質項圈，白色絲質長褲，頭髮高高地梳起緊攏在耳後，左耳戴著水滴型的銀色耳環。她一走進這簡陋的診療室，整房間都亮了起來。

「這個星期過得如何？」

「很好啊！我接了一些美術設計的案子回家做，待遇還不錯，而且不用上下班。雖然還是不大容易睡著，有時我會喝一點酒。」

不知怎地，看她這種故作輕鬆的談話口吻真使我不安。

「還有呢？」

「我又跟高朗在一起了。之前你都沒有問我為什麼跟高朗分手，所以你大概也不想知道我為什麼跟他復合吧？」

「我們今天就來談你跟男人的關係吧！」

「可以嗎？我還以為你覺得這不重要呢。」

「『我以為什麼』不是重點，重要的是你認為什麼事重要，你要不要從頭開始說。」

「其實我們這樣分分合合也不知多少次了，一開始是我覺得不舒服，因為我跟他在一起的時候脾氣特別不好，真的很奇怪，我一向都是個很溫和的人，可是我越是在乎他越容易生他的氣，有時也沒什麼事，沒來由地我就生氣了，然後他也由著我罵，他好像都不會發火，越是這樣我越難受，每次發完脾氣就好沮喪，因為覺得自己很可怕，怎麼可以這樣對他呢？我跟他在一起常常都覺得自己很不好，有時候我會不讓他回家，故意拖得很晚，如果他不小心睡著了我也不會叫他，等到三更半夜才把他叫醒，明知道這樣他回去會被懷疑，可是我就是想要這樣，起初我以為自己是太愛他，捨不得讓他走，他也是這樣想，看我一難過就會心軟，後來我漸漸覺得我是故意的，我根本沒辦法跟別人在一起那麼長的時間，我只是想讓他陷入矛盾與危機中，想看他能為我承受多少危險，所以後來他老婆發現的時候，我心裡有一種計謀得逞的快感，雖然那時候我自己已經有別的情人了，我也不希望他離婚，可是我就是想要他為我這樣做。有時候我交了新的男朋友，他就會希望跟我分手，他說這樣對我比較好，說我應該專心的跟一個人在一起就好，可是我不想這樣分手，每次見面的時候我都會跟他描述我跟別人在一起的情況，有時候他受不了，會很難受，然後我們會分開一陣子，可是我一找他，他就忍不住。有時候我靜下來想自己，簡直快要瘋了，我根本不知道自己在做什麼？我跟別人在一起會不自覺說很多謊，可是跟高朗在一起的那種坦白卻又那麼惡意，他對我越好越包容，我越覺得自己腦筋有問題。漸漸的我跟別人相處都很短暫，可是跟他就是拖拖拉拉沒完沒了，因為我最後一定會回頭來找他，我知道沒有人可以像他這樣忍受我。」

「可是你不覺得他對待你的方式也是一種變相的控制嗎？」

「是嗎？我沒有想過，我只知道他雖然口口聲聲說要救我，可是我跟他在一起卻是在墮落，這種感覺很複雜，好像我一邊拚命在想讓自己變得更好更愛他，一邊卻忍不住想讓自己很壞，這樣反反覆覆的，我覺得自己反而配不上他，而且我跟普通人在一起的時候會覺得自己好虛偽，彷彿他們只要發現我的真面目就會嚇跑，可是，根本沒有什麼真面目，我的面具底下只有一張模糊的臉。這種情況在我跟高鳴在一起之後達到顛峰，因為高鳴知道我所有的事，都是高朗說出來的，起初高鳴只是把我當做小女孩，當高鳴發現我跟高朗在一起的時候非常生氣，他打電話給我，說要跟我談一談，他說高朗這樣做是不道德的，還說高朗跟他說了我小時候的事，說高朗說他是因為同情我才跟我在一起的，我的頭腦一下子就亂了，我看著高鳴的臉，心想『高朗說出了我的祕密而這個人知道我的祕密』，我就下定決心要勾引他，好像我覺得如果他也愛上我，我就安全了，而且高朗也會付出代價。就是這樣，那天晚上我們一起喝酒，聊了很久，他問起我小時候的事，我就像告訴高朗這樣對他說了，我說完他竟然哭了，他說『不應該這樣的，你那麼小，怎麼有人忍心這樣傷害你？』然後我抱著他，他吻了我，就像我想像的那樣，不費吹灰之力，我就讓這個滿口仁義道德的男人跟我上床了。你不曉得等他恢復神智的時候他的表情有多可怕，拚命的用頭去撞牆壁，撞得滿頭是血，大罵自己禽獸不如，可是後來他還不是一次又一次跟我做愛，他說我把他變成了一個惡魔，他想要我的愛，想要拯救我，可是他又恨我。他跟高朗是完全不一樣的人，他會一下子想要娶我，一下子又會害怕小媽跟我爸爸不會原諒他，一會兒覺得我是世上最純潔天真的女孩，一會兒又責怪我根本不愛他只是為了性慾才來找他，他整個神智都不清楚了，那時候他們家族每個人都知道我跟高朗的事，他是被派出來當說客的，結果卻跟我在一起，我一想到他那種沒臉見人的表情就覺得好玩。我的生活更亂了，他們兩兄弟都知道彼此在跟我交往，可是沒有一個有勇氣要我選擇，他們都恨不得我可以找一個別的男人嫁了，可是只要我晚上沒回來，他們又疑心我出去跟對方或別的男人鬼混，就這樣，我們都像瘋子一樣，周旋在這個混亂裡，說實話，我根本就是以此為樂，我喜歡看見別人失去理智的樣子。然後程宇翔加進來了，他起初不知道我跟高朗的關係，只當我是高朗的姪女，我會跟他在一起是因為高朗把他說得像聖人一樣，我看過他跟他太太在一起的樣子，每個人都說他們夫妻感情多好多好，我偏不相信，藉口要跟他討論古董，他是個古董商，才見兩次面；他就被我迷住了，開始背著他太太跟我交往，不久之後我們的事被高朗知道，他們兩個關係變得很糟，我也不在意，就是這樣，我想要的東西我一定會想辦法弄到手，不管會弄壞多少事，會讓什麼人受到傷害，我只是要看見那種天下大亂的樣子。沒想到，這種快活的日子過不了多久我的耳朵就開始聽不見，這大概是報應。」

「你該去寫小說的，光是寫你自己的故事就夠精采了。」

「很好笑，我覺得我的人生根本是狗屁。他們三個都說我是心理變態，可是他們那麼喜歡跟一個心理變態上床，而且每一個都為此付出了很大的代價，這又是為什麼？」

「這麼多人愛你，為你發狂，你覺得滿足嗎？」

「才不呢！我的胃口越養越大了，普通的小情小愛根本無法讓我有感覺，我好像在玩火，沒有危險的日子我過不下去。你覺得我會這樣是因為小時候的事嗎？」

「你自己覺得呢？」

「就是不知道啊！我知道他們都是因為知道我小時候的事才會忍受我的，他們都想拯救我吧！他們幻想著只要我得到足夠的愛和安全感，只要我能夠擺脫過去的惡夢我就會變成一個正常人了，可是，可能嗎？搞不好我天生就是個壞胚子，喜歡作賤自己，糟蹋別人，跟我發生過什麼事都沒關係，我天生就是個壞女人，誰也改變不了我。再多的人愛我都沒用。」

「當你覺得自己很壞的時候，你會得到快感嗎？」

「至少我比較清楚自己是什麼，我不喜歡自己這麼分裂的樣子，我寧願當個壞人我也不要發瘋。」

「你害怕自己會發瘋？或是你覺得自己是個瘋子？」

「我不是瘋子，我倒希望我是，我害怕發瘋，但我又想要發瘋，我只是不想在我不知道的時候瘋，我不喜歡失去控制的感覺，但是我老是失控，我渴望完全的失控，但我又總是清醒得不得了。表面上看起來我很正常，每天都是笑容滿面的，不知情的人一定以為我很開心吧！我只有在這種混亂複雜的感情漩渦裡我才能活下去，就像我一定要一直笑一直笑我才不會突然哭出來。」

「為什麼不能哭出來？」

「我怕我永遠都不會原諒我自己。」

「那種情況會比現在更糟嗎？」

「我就是怕。我怕把自己的心打開，裡面只看到一堆腐爛噁心的東西。」

「你怕你如果看到真正的自我會不能接受自己的樣子嗎？」

「我不知道，我不想再說了。你聽我說了那麼多話不會感到噁心嗎？」

「這還不是能夠讓我噁心的事。因為我沒有希望可以從你那裡聽到什麼動人的故事啊！當你這樣一層一層把自己掏給我看，我越來越覺得我們可以一起來奮鬥。」

「你為什麼要跟我一起奮鬥，這又不干你的事。」

「當你決定要接受治療的時候，這已經變成我跟你共同的責任了。」

「你也覺得我有病嗎？」

「我們先不要用『有沒有病』這樣的字眼好嗎？你想要做心理治療就表示你想要改變你自己，像把亂成一團的毛線球整理好，就得抽絲剝繭一點一點理開，找出混亂的源頭，我們現在要做的就是把源頭找出來。」

「源頭？源頭不就是被虐待的事嗎？」

「不是事件本身，而是身處在那事件裡的你自己的反應，記憶也是如此，重要的不是你記得什麼，而是你怎麼去記憶。我們要一點一點回溯到當時的情境找出那時的你的感受與需求，還有經歷過那事件之後的你在面對其他事情與其他人的時候所使用的方式與態度，所以，想到什麼都可以說，盡可能毫無保留深入詳細的去描述，你要能夠承受你所經歷的每一件事，以及你所做出的反應和你的感受。不論你覺得自己當時是多麼噁心變態或是虛偽做作，都把它說出來，你要記得，當你還是小女孩的時候最可怕最困難的部分你都克服了，更何況你現在已經長大了。」

「我克服過什麼嗎？也許我一開始就妥協了。也許那根本就不算是虐待。」

「為什麼你這樣想？」

「我一直都很愛我爸爸，即使是現在我對他都沒有一絲的恨意，媽媽死後他是我唯一的親人，從小我們的感情就很好，我還記得每次我都會坐在他的大腿上玩他的鬍子，他會親我，鬍鬚渣渣弄得我好癢。」

說到這裡時她的眼神渙散，思緒飄向遠方，她看著我又似乎沒有看見我，她正看見往事，突然她的眉頭一緊，咬了一下嘴唇，兩頰的肌肉激烈地抽動起來，吃力地說，「我想起來了，那天我看見他，他就是這樣抱著我的小妹妹，把她抱在大腿上，就是這樣，那時候我突然尖叫起來，我看見我自己，就是這樣想起來的，就是我告訴高朗的那天中午，我放假回家，原本要跟家人一起吃午飯，從房間走出來看見爸爸跟妹妹在客廳看電視，她一直呵呵笑個不停，我不自覺走過去打了她一巴掌，小妹哭了，然後我一句話都沒說就出門，一直跑一直跑，跑了好久好遠，然後打電話給高朗。那天一開始我就心神不寧，原來是這個緣故，我都忘了，為什麼我會忘掉那麼多事？」

「你有沒有想過你為什麼會打你妹妹？」

「我根本忘掉這件事了，但我記得每次回家我都會叫妹妹來我房間睡，她一向很黏我，而且她長得跟我也很像。我現在知道了，我一直都在擔心，那時候是氣她不會保護自己，就像我小時候一樣。我覺得這其實才是促使我想來接受治療的主因，我需要有人告訴我該怎麼做？」

「你還想起什麼嗎？」

「我現在知道我為什麼一下子就喜歡上我小媽了。」

「為什麼？」

「因為，她是我的救命恩人啊！因為我爸爸娶了她之後就不會再來碰我了。」

「為什麼？」

「難道不是嗎？小時候會這樣對我是因為我媽媽已經去世的緣故，他總是說自己有多寂寞。」

「你是在替他找藉口吧！如果是這樣，你為什麼會擔心你妹妹？」

「我不知道，真的，那種恐懼一下子就這樣來襲，把我打倒了。」

「也許你認為你爸爸喜歡虐待小女孩，無論他有沒有老婆？」

「可是他平常看起來真的很慈祥很好，我不知道為什麼會有人這樣，我好像一開始就被弄混了，我一直相信每個人都有兩張面孔，白天和夜晚，人前人後，每個人都有黑暗可怕的一面。你知道嗎？即使我已經想起從前的事，但我卻沒辦法恨他，我始終相信他一定是有什麼原因才會對我做那些事，他不是有意要傷害我的。但是，我卻再也沒有辦法跟他親近了，沒有辦法跟他共處一室，我甚至沒有辦法直視他的臉，這幾年我很少回家，即使回去也是躲在房間裡，盡可能的避開他。」

「你擔心他還會來侵犯你嗎？」

「我不知道我在擔心什麼？也許，我害怕的是我自己，他們現在過得很幸福，我不想去破壞那種幸福，但是，我總覺得只要他伸出手指來碰我，我一定會做出可怕的事。」

「你會怎麼做呢？你想過要告訴你小媽媽？」

「我想過，有時候我看見妹妹跟爸爸太親密的時候我就想告訴小媽，但是我不能這樣做，也許他不會對她怎麼樣，而我這樣說會害了所有的人。畢竟他現在已經沒有再傷害我了。不說出來就只有我一個人受到傷害。但我害怕如果他再對我動手，我根本就不會反抗他。你知道最難受的是什麼嗎？」

「是什麼？」

「最難受的就是我並沒有任何一個人可以責怪，可以控訴，我只能恨我自己。」

「但那並不是你的錯。」

「那不是我的錯，我知道，可是，為什麼我沒有辦法去恨那個傷害我的人？」

「這就是我們要找出來的答案。」

「我累了。」

「最後一個問題，你有沒有注意到你的手記裡重要的章節裡，你都用『她』的角度來描述？」

「因為那是她的想法和她的記憶。我只是幫她寫出來而已。」

「『她』是誰？」

「她就是那個小女孩。」

「你難道不知道那個小女孩就是你自己嗎？」

「我知道，但是我沒辦法，她在的那個地方我到達不了。」

「她需要你去釋放她你知道嗎？否則她會永遠困在那裡，而你永遠都無法成為一個完整的人。」

「我救不了她，因為她根本就不想出來。」

「為什麼？」

「我不知道。我無能為力，我要走了。」

「你這個星期回去做一個功課，寫出你跟她的對話，好不好，試著跟她對話，然後寫下來。」

「我會試試看的。」

【手記之七】

你看見了什麼呢？小女孩，你在的地方是什麼樣子呢？

「這裡沒有光，沒有溫度，這裡不適合你。」

你害怕嗎？

「我感覺不到。」

可是我害怕你看見的事。

「這是我們之間的祕密。」

保守祕密快要把我弄瘋了。

「你不需要保守祕密，只要把祕密給忘記。」

我試過了，可是祕密會回頭來找我。

「那是因為你不夠勇敢。」

我不想勇敢了。勇敢的人好累。

「你不勇敢也不會有人來救你。」

我現在在看醫生，醫生說要把心裡的話講出來。

「沒有用的，講出來也沒有用。」

醫生會幫助我們。

「你錯了，沒有人可以幫忙；這裡只有黑暗，沒有人願意在這裡陪你，到後來每個人都會離開你的。」

我知道，每一次都是這樣。

「閉上眼睛就不痛了。忍一下就過去了。」

可是我睡不著。

「不可以睡著，睡著就醒不過來了。」

你一個人在那裡一定很寂寞吧！是誰把你關在那裡呢？

「沒有人逼我，我是自願的。」

你記得嗎？大學聯考完那年暑假，小媽出國去了，有天中午爸爸推開你的門，他在你房裡待了很久！你知道發生了什麼事嗎？

「我忘記了。」

不要說謊，你一定記得。

「我告訴你你不要告訴別人，他進來我的房間，我正在睡午覺，他靠近床邊我就醒了，他伸手來摸我的睡袍，一點一點往上掀，我問他要做什麼？他說他很寂寞，說他需要我。我低聲地說，不要這樣，我已經長大了。但他還是脫掉了我的睡袍。」

你為什麼不反抗？

「我不知道，我就是呆掉了，為什麼我不反抗呢？我讓他撫摸我的胸部，還讓他吸了我的乳房，後來的事我不記得了，那時候我明明已經長大了，但我卻覺得自己還是小孩子，我沒辦法逃走。」

他有威脅妳嗎？

「沒有，我說你別這樣，再這樣我要告訴小媽。」

他說什麼？

「他說，你去說吧！說了小媽如果跑掉最好，小媽跑了，你要當我老婆。」

他怎麼可以這樣說？

「這是我最怕的。」

這種事不只發生一次吧？

「沒有了，那次之後他就沒再碰過我了。」

那是因為你很小心防著他。

「可是，其他人也這樣對待過我。我一直很容易被性騷擾，可是我從來都沒有反抗，為什麼？因為那時候我出來了。」

你為什麼不反抗？

「因為我還沒有學會說不。我害怕。我只是個小女孩。」

第七次會談

我並沒有如往常一樣收到她的信，見面的時候她拿出了一張被揉弄得很皺的紙。

「把你寫的手記大聲唸出來。」

「我不要。你用看的就好。」

「你答應過我要試試看的。」

「這樣很怪，好像在演戲一樣。」

「放輕鬆一點，我不看你，你大聲唸出來。」

我閉上眼睛，等她唸她自己寫的句子。大概十秒鐘之後，她開始唸了，她真的照我要求的寫成了對話，奇妙的是，她自然地用了兩種不一樣的語調來唸，她原本的聲音是清亮甜美，但另一個聲音則有明顯的童音，尖尖細細的，彷彿真的有兩個人在說話。

她唸完之後我才睜開眼睛，她又陷入空白的狀態，我清了清嗓子，開口說話。

「感覺怎樣？」

「她剛才跟你說話了。我還以為她是不會說話的。」

「可是我覺得她不是第一次發出聲音。你仔細想想，她一定也這樣跟別人說過話吧！」

「好像，好像有時候我會用她的聲音跟高朗說話，我記得高朗說過，他說做愛的時候我會用小孩子的聲音跟他說話。也許我很多時候都這樣說話，以為那是在撒嬌。我有一個泰迪熊，經常跟它玩聊天遊戲，泰迪熊就是用她的聲音說話。」

「下一次你把泰迪熊帶來好嗎？也許我們三個人可以聊一聊。」

「你是第一個想跟泰迪熊說話的人。」

「這個星期過得如何？」

「還好。」

「怎麼個好法？」

「哪有人這樣問的？其實認真的想一想誰都不會覺得好的，只是這樣說比較不會難受罷了！」

「可是在這裡你不用掩飾自己啊！」

「我並沒有刻意啊！好像不自覺就會這樣，或者說掩飾自己是我跟你溝通的方法之一吧！我總不能一股腦地把情緒發洩在別人身上啊！這幾個星期以來我已經抱怨太多了，我真的好討厭這樣的自己。」

「你一定要放掉這種想法，其實你從來都沒有把情緒發洩在我身上你知道嗎？你不需要討好我也不需要顧慮我的感受，更不用擔心我會討厭你厭煩你，或者會突然遺棄你，因為我們正在進行治療啊！你來這裡不是要來交朋友的，我們決心要一起來面對你的問題不是嗎？如果你不把自己打開我就一點辦法都沒有了，你明白嗎？」

「我不覺得我在討好你。」

「但是你怕我會覺得你不好？覺得你不勇敢，覺得你太囉唆，太脆弱？就像你一直害怕別人這麼看你一樣？」

「我只是希望自己表現得正常一點。」

「你已經是我見過很少數可以這麼冷靜的說話的人了。」

「真的嗎？我常覺得自己歇斯底里又不可理喻，自怨自憐，而且語無倫次。」

「我倒希望你這樣，至少我還知道該怎麼對待你。」

「所以說，我真的怪怪的對吧！讓別人都不知道該怎麼跟我相處？」

「如果我說你怪怪的會讓你有一種滿足感吧！你一方面希望我覺得你很勇敢很好，一方面又希望我看出你內在的混亂和衝突是嗎？」

「好像是，可惜大部分的人都無法同時看出這兩者。」

「好，我看出來了，這是你願意跟我談下去的原因之一，那麼你說說這星期發生的事，說你的感受，你的回憶，還有你的夢。想到什麼都可以說。」

「前天晚上我做了一個夢，我常常做夢，有時候真實的人生發生了什麼事我不記得但我總是記得我的夢。可是我沒辦法寫下我的夢，我一提筆，夢就變得好模糊。」

「你夢到什麼？」

「在一個舞臺上，我穿著低胸的白色禮服，我正在跳舞，臺下有很多人在看，每個人都為我喝采，我越跳越狂野，到後來衣服整個都裂開我的胸部完全露出來了，我很著急，但是我的腳步沒辦法停下來，有一個人跑上臺來，伸出一雙很大很大的手把我裸露的乳房整個包起來，他說『不要擔心這樣就不會有人看到了』臺下的人開始鼓譟起來，他們大聲喊著『親她、親她』，我發現眼前這個男人變成了我爸爸，他的手開始在我的乳房上用力的揉搓，我很痛，想推開他但是沒辦法，我開始尖叫，不停不停的尖叫，然後舞臺中心裂開了，湧出了很臭很臭的黑色液體，我還在尖叫著，我看見那黑色的東西變成一條蛇爬上我的腳，慢慢往上爬，然後我醒了。我的喉嚨好痛，發不出聲音，就像我真的尖叫過似的，那一整天我都覺得好沮喪。」

「你為什麼沮喪呢？這個夢讓你聯想到什麼嗎？」

「醒來我就寫了高中發生的那件事，我好氣自己，那時候我已經自己住在外面而且也在打工賺錢了，我根本不用怕他，可是我還是沒有反抗，我真懦弱。」

「你寫到，你沒有辦法說不，尤其是別人騷擾你的時候，還有誰騷擾過你？你那時是怎麼反應的？」

「我現在漸漸恢復了很多記憶，從小不但我爸爸侵犯我，還有鄰居的哥哥，我爸爸的朋友，學校的老師，長大以後也是不斷，我國中的時候差點就在公車站牌被人拖走了，還有在公車裡電梯裡被男人摸大腿、被人用生殖器官頂著背部摩擦，甚至還被精液濺到裙子，太多了，我連到醫院看病都會被醫生性騷擾。我真不知道為什麼？我又不是什麼大美人，你一定以為是因為我常穿很短的裙子吧！可是我以前根本不會這樣穿，以前的我是個很保守的女孩子，這些事都是我還沒有恢復記憶之前發生的，我好恨自己，因為我根本不會抵抗，每當有人侵犯我，我就像呆掉一樣傻在那裡，別人一定以為我很賤吧！我就是呆掉，腦中一片空白，有時候還會傻笑，我不會尖叫，也不會大聲喊色狼，我現在想起這些事，簡直要氣瘋了，我到底在幹嘛！」

「所以你才會夢見自己不停的尖叫？」

「或許吧！我現在似乎還可以聽見我那種尖叫的聲音，可是我知道，我根本就沒辦法這樣尖叫。我後來回想到很多夢，我似乎不只一次在夢裡尖叫，或者很生氣的吼叫著，好像夢裡的我是個完全不一樣的人，我有一次夢見在公車上有人弄髒我的裙子，結果我用高跟鞋砸破了他的頭，還把鞋跟插進他的喉嚨。現實人生裡我根本做不出這種事。我說過我常跟高朗生氣，發脾氣，其實我也只會冷言冷語的諷刺他而已，我說不出什麼狠話，也沒辦法大呼小叫的，有時候我感覺自己快要叫出來了，頭就會好痛好痛快要裂開。」

「會不會是因為當別人侵犯你的時候，你會不自覺回到小時候的情境，你沒辦法反抗是因為你小時候沒有反抗，而你以為自己還是小孩子，你又運用了解離的方法保護自己，所以你才會連那些事都一併遺忘了？」

「我怎麼知道嘛！書都白念了，一點應變能力都沒有。」

「你要試著去除掉自己遇到危險就立刻進入解離狀態的能力，小時候會自行產生解離能力是為了自痛苦恐懼中逃遁，但是如果你一直都會自動解離，會使你不斷面臨危險而無法自保，而且你的情緒會越來越壓抑，到時候分裂的情況會更加嚴重，你就越來越無法認同自己。」

「發洩情緒很重要吧！我總覺得自己體內有一股憤怒無法抒發，鬱積在胸口讓我快要爆炸，以前我會撕紙，聽見紙撕碎的聲音很舒服，可是不夠，我覺得我想打人，可是又不能傷害別人對吧！所以，前天我買了一個沙包，睡不著的時候我就用力捶打沙包，讓自己好累好累，我覺得這樣用力的打著什麼東西讓我比較平靜。」

「最好練習一邊打一邊叫出聲音來，練習著尖叫、大叫、把憤怒不平憂愁一股腦發洩出來，這樣對你一定有幫助的。下一次你也把這個沙包帶來吧！」

「你要讓我練習拳擊嗎？那個東西重得很，而且帶來醫院很奇怪。」

「不然你要不要試試我的抱枕？」

我一直有背痛的毛病，所以我的椅子上都有很柔軟有彈性的靠枕，我雙手拿著靠枕對她說。「用力打它。」

她笑了，然後握緊拳頭打了一拳。

「搞不好我有暴力傾向。我覺得這樣出拳很過癮。」

說完她更用力的打了幾拳。

「你想到什麼？」

「我好像有很多生氣的事，只是我都忍下來了。」

她又咚咚咚地打了幾拳，其實她的力氣很小，但我可以感受到她的力量正逐漸加強。

「什麼事讓你生氣？說出來。」

「我討厭自己。」

她用力打了三拳，然後重複了一次，「我討厭自己。」

「你氣你討厭自己，你知道你討厭自己哪裡嗎？」

「我討厭我的妥協，我的懦弱，我的虛偽。我粉飾太平，我自欺欺人。我總是說謊。」

「還有呢？」

「我氣我糟蹋自己，我一直都在糟蹋自己。討厭討厭，我最討厭自己了。我討厭這個世界。這世上每件事每個人都使我生氣。那些男人都不是我真的想要的，他們或許愛我，但他們這樣的愛卻使我受傷，而我才是真正的劊子手。」

她越來越用力地捶打著枕頭，聲音也漸漸提高，發出像是吼叫般的聲音，然後她的手放下來，彷彿很疲倦，癱在椅子上。

「想起什麼了嗎？」

「其實我根本不像我以為的那樣灑脫，我也沒有我想樣中那麼快樂，好像被迫坐在一輛失控的雲霄飛車裡，不斷的下墜下墜，然後飛離地面，拋到不知名的空間，我不知道我會被帶到哪裡去，也不知道我能夠躲多久，我只是非常地害怕。」

「你知道你在躲避什麼嗎？」

「我在躲避做為一個人所必須面對的，我一直都在逃，一直都在找，我一面努力的追求什麼，卻馬上就全部丟掉，我害怕失去，卻失去更多，我不想死，卻往往讓自己陷入危險之中，我就是這樣抱持著分裂的想法，快要瘋了。」

「你怎樣讓自己陷入危險之中？」

「以前我常常一個人晚上穿得很性感到街上去晃盪，跟陌生的男人回家。一直到去年，那時我在酒店當會計，清晨回家的時候，在巷子口被人拖進車裡強暴了。」

「你從沒有提過這件事。」

「我認為那沒有什麼，發生過了，我也沒有受到什麼傷害，只是皮包裡的錢被拿走，我甚至還說服了那個人使用保險套。」

「你非常冷靜。」

「我自己也是這樣想，在那種情況下，我並沒有失去理智，到警察局去做筆錄的時候，警察對於我能讓強暴犯戴保險套都覺得很不可思議。那件事之後我就辭掉了晚上的工作。我以為那並不會傷害到我。只是學到一個教訓，盡量不要一個人在夜裡出去。」

「可是你後來還是知道自己受到了傷害？」

「我說過我是那種後知後覺的人，就連被強暴也是一樣，後來我聽不見的時候所看到的景象之中，有一幕是這樣，那個強暴犯的臉不斷的在我眼前擴大，然後變成了我父親的臉，我看見自己用手幫他戴上保險套，我甚至還讓他吸吮我的乳房和下體。這就是我沒有受到傷害的原因，因為我根本就沒有反抗，等我發現這個事實之後，我無法原諒自己。」

「你只是在保護自己，你的做法沒有錯。」

「我小的時候或許沒辦法反抗，但我為什麼長大了還沒辦法呢？我甚至都沒有叫救命，都沒有，我只是順從，只是妥協，我只是想要保命。」

「難道跟他大拚一場，然後被打個半死還是被強暴，甚至被姦殺，就算是勇敢嗎？你不但能理智的使自己保住性命，而且毫髮無傷，甚至還想辦法讓他戴保險套避免被傳染性病和懷孕的危險，你不但是勇敢而且非常有智慧你知道嗎？」

「我不知道。我的內在有一個聲音不斷的嘲笑我，她說我無論受到什麼傷害都是咎由自取。」

「你到底覺得自己錯在哪裡？」

「那個時候，我竟然潮濕了，你可以想像嗎？我心裡那麼害怕，那麼厭惡，可是我居然還能夠潮濕?以至於雖然他非常用力的撞擊我，事後我的陰部竟然一點痛楚都沒有，我還記得那些警察的表情，我拿著裝有精液的保險套，身上沒有一點傷痕地去報案，說我被人強暴了，我看見他們臉上流露出懷疑和嘲弄，更何況我那天穿著非常短的裙子和露背裝。」

「就算你生理上有性亢奮的反應，並不代表你是自願的，也不表示你享受著被強暴的性交過程，而且我認為你之所以會潮濕是因為你的身體在保護你使你不至於受傷，這不是第一次發生吧?」

「你說什麼?」

「我是說，當你小時後被你父親虐待的時候，你的身體也出現了性亢奮的反應是嗎?而且，你一直都因此痛恨和懷疑自己。」

「我不知道。你不要再問了!」

她突然大叫起來，然後趴在桌子上一下一下用頭撞擊著桌面，我趕緊過去抓住她，企圖使她安靜下來。

我感到痛苦，她的痛苦強烈地感染了我，我自己的脆弱與疑惑也顯露出來了，同樣是女人，她卻要承受這麼多的苦難，一個如此聰慧勇敢的女孩，拚命地想跟往事對抗，卻用錯了方法，我自己呢？我知道什麼是正確的方法嗎？我不知道，甚至我無法真正體會她所經歷的是什麼？而儘管我如此小心翼翼，只要稍有不慎，我還是可能會使她發狂失控，無法挽救。

漫長的靜默充滿了這小小的診療室，然後，另一個聲音出現了。

「你一直問這些事到底要做什麼？其實她什麼都不知道。」

「那麼你來回答我。如果我無法找出答案我幫不了她。」

「你本來就幫不了她。」

「沒有試過你怎麼會知道？」

「她這麼多年來不也是好好的活下來了，知道那麼多有什麼用？」

「為什麼你不肯離開那裡？」

「這是我們求生的方法你懂嗎？你當然不懂，你根本不知道什麼叫做絕望。」

「但是我知道她需要幫助。」

「你跟那些男人不是一樣嗎？口口聲聲說要幫她，到後來反而害了她。」

「他們怎樣害了她？」

「她自己都不肯承認，那種愛情根本是狗屎。」

這是個小女孩，雖然使用的是小孩子的聲音，但卻能說出亭亭真正的想法，我很高興亭亭會選擇用這樣的角度跟我對話，她並不是多重人格，這只是她用來保護自己的方法，就像她在手記裡用「她」來敘述一樣，將自己隔開，使用旁觀的角度，讓第三者發言。

「那你怎麼看待她的作為？」

「其實她說自己後來就不再晚上一個人到處亂晃是騙你的，她雖然辭掉晚上的工作，可是還是經常到 pub 去喝酒跳舞，三更半夜騎著摩托車一路奔馳，這些事她都瞞著別人，我覺得她根本就是喜歡自討苦吃。」

「我的看法是，她想考驗自己應付危險的能力，換句話說，她一方面害怕，一方面卻希望自己再度遇到壞人。」

「她有病啊！經過那一次還不怕？你以為那件事沒什麼？她經常都在夜裡哭著醒來，沒有像她說的那麼輕鬆。起初她根本沒辦法跟男人做愛，可是她卻硬逼著自己去做，而且簡直是變本加厲。我看她就是個花癡。」

「她一直希望以性來證明自己沒有受到傷害吧！我覺得她是太努力想證明自己很勇敢了。」

「我才不是這樣。」亭亭回來了，這時她恢復了自己的聲音。

「我常常在想，如果讓我再遇上那個人我會怎麼做？」

「所以你讓自己回到那些黑暗的街頭，因為你想知道自己究竟會不會抵抗？」

「對，就是這樣，我想如果還有人來侵犯我，我會一刀殺了他。」

「你一直都想證明這些吧！證明你能夠反抗，證明你可以應付性，可以控制男人，可是同時你也讓自己陷入危險和恐懼之中，如果你真的再次遇到難保你不會發狂。」

「所以我根本就是有毛病。」

「不要用這種語氣說話，你以為這樣詆毀自己就好了嗎？你以為如果我可以開立一張證明給你，證明你確實是個變態有問題的壞胚子，你就可以解釋這一切了嗎？你就能夠不去面對你的傷痛和恐懼，認為一切只是你咎由自取，罪有應得的，你就能夠處理你內在的衝突矛盾，而且能夠想出對待你父親的方法，繼續擁護他是一個偉大的好父親嗎？」

「不然我要怎麼辦？我難道要去告他嗎？他是我爸爸，我難道要去昭告天下說他虐待了我，然後讓我小媽和我妹妹去承受後果嗎？這要叫她們怎麼活？」

「我沒有要你去告他，沒有要你昭告天下，你有你的顧慮我知道，你也可以為別人著想，但這不代表你要一直否定自己，一直痛恨自己，這只會讓你更混亂。沒有一個人是完美的，你父親當年這樣對你就是不對，不管他有什麼理由，不管你是不是有反應，不管你有沒有抵抗，你懂嗎？」

「對啊，我有反應，我怎麼可能會沒有反應，因為他要看我的反應啊！因為如果沒有潮濕我就會好痛好痛，因為那不是一次兩次，而是每天每夜，永無止盡的，我能怎麼辦？」

「你說對了，也許你一直覺得羞愧，也許你希望自己是自願的，因為這樣可以減少傷害，克服痛苦，但是這都是你求生的本能對嗎？換做是我我可能也會這樣，我治療過的其他病人也跟你有相同的反應。因為你那時候只有十來歲，你除了妥協別無選擇。」

「我不知道。」

「你回去寫下來，到底發生了什麼事。」

「每次來這裡之後，走在路上都會發抖，無時無刻都沉溺在恐怖的記憶裡，我試著想要說出我所看見的，但我沒辦法說，也不知道該找誰說，提筆寫字就像是一種酷刑，但我以為寫出來對我有幫助，真的嗎？我不知道，多少次我都想放棄了，停止治療，停止回憶，停止這一切使我痛苦的行為。我已經好幾次想自殺了。」

「你下一次可以打電話給我，或者試著在你身邊找出一個可以分擔的人，千萬不能放棄，不可以自殺，你一定要記得，最可怕的部分已經過去了，現在你會有這些反應都是正常的，我知道這樣很痛苦，當你覺得不能承受的時候，打電話給我，打電話給你信任的人，一定要打電話。」

我把家裡的電話和我的呼叫器行動電話的號碼都抄給她。

「我不會打擾你嗎？因為我都是很晚的時候才會有狀況。」

「沒關係，再晚都可以。」

「到時候你就會討厭我了，沒有人喜歡聽別人訴苦，尤其是當你已經睡著的時候。」

「我的職業就是聽別人訴苦。如果你什麼話都不說就自殺了，那我才真的會生氣。」

「放心吧！如果我真的想死，我沒辦法活到今天。」

我真的接到了她的電話，星期五半夜三點，睡夢中聽見電話響我直覺地跳起來接。

「是我，吵醒你了對不起。」

「你怎麼了？」

「剛才我看見螞蟻爬在我的內褲上，然後我想起好多事。我受不了。」

「不要慌，慢慢說，你想到了什麼？」

「小時候也是這樣，每次要洗衣服的時候，我的內褲上總是爬滿了螞蟻，密密麻麻的，我都不知道為什麼？現在我知道了，因為我常常都陰道感染、陰道發炎，因為內褲上有很多的分泌物才招來螞蟻。所以我一直都很在意自己的分泌物，甚至清洗過度，所以上個月分泌物過多我才會那麼驚慌。」

「說出來就好了，你知道自己為什麼害怕，以後就不會恐懼了。」

「我一直以為自己體內都住著螞蟻，我以為自己很髒。」

「現在知道不是這樣了吧！其實我有時候也會陰道感染，這對女人來說很平常，不要清洗得太過度，這樣會讓陰道失去自然保護的功能，更容易感染。」

「謝謝你聽我說。你去睡吧！」

「你呢？你要做什麼？睡得著嗎？」

「我要寫東西給你看，睡不著我會吃藥。」

「不能喝酒，吃那種藥又喝酒可不行。而且不要再騎摩托車出去了。」

「我知道。我會練拳擊。」

「晚安。」

「等等，我還有一件事要說，他雖然沒有真正用陰莖插入我的陰道，但是他會在外面摩擦，我想這是我會慢慢變得很潮濕的原因，如果不這樣我會痛得哭出來，有時候會用口水來弄濕，或者用面速力達母，還有，記得我說過有一個印象是下體流血到醫院去嗎？其實根本沒有到醫院，那次是他用什麼東西放進去了，我流了一點血，好痛好痛，他用紅藥水幫我擦，我一直記得一片殷紅的情景。我想，正因為他從未真正的插入，所以他並不覺得自己做錯了事，男人都是這樣想的，剛開始我跟高朗也是如此，起初我們的性關係只維持在口交和手淫，一方面是因為我無法潮濕，另一方面是他自己也覺得這樣並不算真正做愛，如果沒有真的做愛，他並不算做錯事，沒有破壞他的道德感，還可以理直氣壯的當我的長輩。我想我的心態也差不多，從小我就一直努力維持這最後一道防線，我以為只要如此，就可以安全，我以為只要我可以關上這一道門，就不會使我走到無可挽救的局面。」

「怎樣才是無可挽救的局面呢？」

「我一直認為自己不會懷孕，其實這是長期自我催眠的結果，因為我不能懷孕啊！」

「你為什麼覺得自己不能懷孕？」

「天啊！你不懂嗎？如果我爸爸讓我懷孕了，我要怎麼活下去呢？他總是說，『別怕，這樣不會有事的』，我總是一次一次告訴自己，『不會的，我不會懷孕的，不會生下爸爸的孩子，不會變成怪物。』後來跟其他男人做愛的時候我也是這樣想，我不會懷孕的，不可能，我是安全的。」她不斷重複著「不會有事的，我是安全的」、「不會的我是安全的，我是安全的」這兩句話，越來越恍惚，然後聲音停住了。

「亭亭，你醒一醒，你現在正在跟我說話。」我大聲叫喚她。

「對不起，我呆掉了。」她回過神來接著說：「能夠這樣說出來真的很不容易，如果不是在電話裡我一定說不出來的。我自己會覺得羞恥，也不知道該怎麼形容才好，有些字眼我一想到就會發抖，可是我知道我說的是事實，不是我幻想的。」

「我真的很高興你可以把它說出來。那些使你痛苦難堪的字眼和畫面，慢慢的你會適應，它給你的傷害也會逐漸減輕，因為你從這些敘述之中得到力量。」

「我想那是因為我沒有看見你的緣故。當著你的面我不一定說得出口。也可能是因為夜晚，我一個人，睡不著的時候回憶就排山倒海地來了。」

「沒關係，我在聽你說，不要怕，也許你說出口的只有一點點，但我們已經跨出一步了。」

「晚安。我去睡了。」

說完她就掛上了電話，我手裡仍拿著話筒，耳朵裡聽著嘟嘟嘟嘟的聲音，腦海裡浮現她的臉，想起她剛才不自覺重複著「不會有事的，我是安全的」，我的心微微地疼痛起來，那疼痛逐漸加強，使我不禁伸手摀住了胸口。

雖然她吵醒了我，但我心裡卻很高興，對於她我有一種說不出的愛憐，希望自己能夠竭盡所能的幫助她，但我也一直試著不讓自己感情用事。其實她所說的話不只是說出來不容易，對於聽的人來說更是一種考驗，因為這是那麼殘酷的事實，那些赤裸的字眼，逼真的描述，讓聽者彷彿也目睹了事件的發生，我的心不只一次的顫抖著，覺得憤怒，心疼，不平，這都是必然的反應，雖然我所受的教育和訓練都是這樣告訴我，但真的遭遇的時候，我才體會到那樣的心境。

人們對於性一向是避而不談的，即使非談不可的時候也多半使用曖昧模糊的字眼，「那個」、「雞雞」、「那裡」、「下面」是我們慣用的字眼，也是道德層面允許我們所說出的最赤裸的形容，然而對於性暴力的受虐者而言，被迫與性器官接觸的過程正如一個祭壇，一場戰爭，每一個細節，每一個畫面都是如此清晰地放大在他們的記憶裡，無數次反覆的搬演，唯有以不帶任何曖昧與暗示的準確的語言來形容，才能完整地捕捉他們的經歷與感受，說出來不只是暗示性的形容，更需要完整的描述過程，雖然這樣有時會使他們難堪，也會使聽者困窘，但卻是最能釋放恐懼與痛苦的方式。

【手記之八】

一個曾經分裂的女人，在破裂處看見自己，擁有第三隻眼睛，有無限的可能，我為什麼急著要修補自己，急著要讓自己更完整呢？為何無法接受自己的破碎，承認自己真的不是完整的，接受自己的分裂，相信這分裂的狀態有助於我了解自己，讓痛苦凝聚結晶，開出一朵花。

撫摸，她感覺到愛，慢慢她長成一個女人，只有十二歲，她需要愛，但不是在睡夢中，不是他。

咖啡色肌膚的男孩牽著單車慢慢跟在她身後，她不用回頭都可以看見他的眼睛，男孩陪她回家，狼籍的屋子，惡臭的家，男孩默默為她整裡髒亂的廚房，清洗堆積如山的碗盤，「都是沒有媽媽的孩子」，男孩煮了一碗麵，她靜靜地吃麵，眼淚滴下來，男孩牽起她的手，「我會照顧你」，她低頭，用力咬了他溫暖的手掌。

「走開。」

其實她說的不是男孩。

來不及了。

夜裡她親吻著曾被男孩握緊的手，她記得那樣的溫度，她想起男孩在操場上飛快地奔跑，她只能在一旁望著，同學們大聲喝采鼓掌，簇擁著他，男孩得了獎牌，回家的路上送給了她，男孩說她是勇敢的，說「沒有媽媽的孩子，更要用功念書」，她總是念書，總是拿獎狀，但只有那一枚不是她自己得來的獎牌才是她的榮耀，因為她總是在夜裡緊握著獎牌度過黑暗，有一天，她要向男孩那樣快快地飛奔，可以飛向哪裡呢她不知道，黑影走過來，風鈴叮叮響起，門又被推開了，她無處可逃。

我寫我，就是我沒錯，不要用「她」；不要把自己跳開來看，這很難，很痛，但我必須這樣做。

我不屬於我現在存在的這個世界，我一直在漂流，我的靈魂醒著，但我的肉體已經敗壞了，流出噁心的膿血；腥臭的味道隔幾條街都還聞得到。

大聲說出來，但我說出的都不是我真正想說的話，我微笑著，儘管我的心正在流淚、哀嚎、痛哭，我越是痛苦我就笑得越厲害，有時候我的手會發抖，但沒有人發現。

我說謊了，我告訴你那很痛，但我沒說的是，有許多次我是覺得舒服的，沒錯，多可怕，我那個小女孩的身體，是一旦被撫摸就會柔軟而潮濕的，我記起來了，這罪惡的身軀，渴望被溫柔的撫摸，被親吻，我一直是這樣的，無論我願不願意，我的身體一再背叛我，即使我覺得疼痛，即使我害怕，我的身體卻不能自已的顫抖，然後潮濕，我咬著牙不讓自己叫出來，但我知道，我這可厭的身體確實得到快感，我才是我最不願承認的部分。光憑這點，就足以使我終生痛恨自己。

我沒有說出口的畫面，在那使我失去理智、失去聽覺的夢；夢裡，他不斷的告訴我我是如何享受著他的動作，我是怎樣的呻吟著，我是如何流洩出體液沾濕了床單，我在夢中不斷看見自己正如他所形容的那樣反應著，那樣的我，咬破了嘴唇流出血來，我無法阻止床上的小女孩，不要享受那不該的快感！正因如此，她才會一再地，一再地從睡夢中被驚醒，一再地被侵犯，而她並沒有逃走，我不敢相信，她是自願的。

我不想聽見看見的就是這些，我真情願我永遠失去聽覺與視覺，我情願我在那一刻就已死去。

第八次會談

一開始大約十分鐘的時間裡她不發一言，我再次看著她的手記，也看見她手腕上布滿密密麻麻的傷痕，發生了什麼事？

「你不是答應我不會自殺嗎？為什麼弄傷了自己？」

她沉默著。

「你想要懲罰自己？」

她不回答。

「你寫到關於快感的事，很抱歉我的判斷錯誤，因為我妄下論斷引導你認為自己有反應是為了自保，所以更加深了你的罪惡感是嗎？」

她搖搖頭。

「就算你被虐待和強暴的時候產生了性快感，甚至達到高潮，這並不代表你是自願的，也不表示他們的做法是對的，更不證明你是咎由自取，你懂嗎？」

「沒有用的，不要白費力氣了。」她終於開口。

「為什麼？」

「你以為我寫的就是事實嗎？根本是狗屁！我寫的我講的我的一切一切都是狗屁你不知道嗎？你怎麼能夠治療我呢？我有什麼問題？沒有，我記起越多我越知道自己根本就沒救，你要怎麼改變已經發生的事？你可以讓我重來一次，讓我知道為什麼我會這樣嗎？為什麼是我呢？別人可能是被打被逼被迫的，可是我並沒有，為什麼我爸爸不打我罵我呢？如果他不是那麼溫柔那麼慈愛，我可以把他當成一個惡魔，如果我身上有傷痕，如果我曾經哭泣喊叫，我會知道我確實受傷害，但是沒有，什麼都沒有，我找不到任何一個理由不恨自己。」

「你到底記得什麼？看見了什麼？你不能只憑這些模糊的片段就完全否定了自己啊！無論你當初有什麼反應，都不是你的錯，你只是一個小女孩，而他是成人，他是你爸爸，他應該把你當成性對象來發洩自己的性慾嗎？你尊敬他愛他依賴他，你完全的信任他，而他卻利用了你的愛，利用了你的無助，他難道一點錯都沒有嗎？如果你真的是自願的，你真的那麼享受那些過程，你會變成這樣一個分裂的人嗎？你會沒辦法像普通人這樣甜蜜安心的入睡，你會這麼恐懼這麼慌亂，這麼不安嗎？如果那些都是快樂美好的回憶，會讓你惡夢連連，在夜裡哭著醒來嗎？你仔細想想，設身處地的為那個小女孩想想，你依然覺得一切都是你的錯嗎？」

「我不知道。我好混亂。」

「你不要慌，我們從頭開始談起，不要因為想起了什麼就急忙為事情下判斷，我們還有好多時間可以一點一點慢慢來討論，你不要急，不要放棄好不好？」

「可是我好累，我比以前更痛苦了。」

「我知道，這是因為你正在面對你最害怕最不願回想的部分，但是這也是你必須要面對的，而你已經很勇敢的努力了這麼久，不要放棄。」

「其實我很喜歡跟你說話，雖然我沒辦法表達得很好，但我在你面前不會那麼害怕，不會覺得自己是在演戲，跟我在一起的人都說不明白我心裡在想些什麼？我好像會故意說相反的話，不把自己的感覺表現出來，其實我有很多話想說，只是找不到方法表達，有時候我會試著說出來，但只要別人有一點點奇怪的反應，我就會退縮，然後越來越封閉。最難受的是我總是覺得自己跟別人格格不入，雖然表面上我很討人喜歡，但我總是害怕別人會看穿我，當她們了解我之後就會生氣，就會離開我，討厭我，無論我做什麼說什麼我都會覺得自己很虛偽，這樣活著真的好累。我沒辦法自然地表現自己。」

「其實人都會有很多種樣子，在不同的場合對不同的人都會展現出不同的樣子，不是只有你會如此，只是你無法認同自己這種變化而已，比如說你寫的東西，你的畫，都展現了你內在的感受和思維，你或許比較認可這樣的自己，而你說的話，你的動作你的表情，展現的是另一部分的你，這不是虛偽，只是另一種表現方法而已，如果你可以試著聆聽自己說的話，相信它同樣也能表達你自己的想法，你就能夠更從容地說出來，正如你的文字，某些時候也是一種偽裝和掩飾，但實話和謊言，真實和虛幻並非那麼截然對立的，都是我們的一部分，也都不是全部，人們嘗試用各式各樣的方式跟世界溝通，很多時候這樣的溝通不被接受也不被了解，所以我們要繼續嘗試，當我們覺得別人不了解我們的時候其實是因為我們並不那麼了解自己，因為一個對自己有自信，對自己掌握得夠清楚的人，並不會那麼在意自己是不是被接受被了解。」

「沒有人這樣對我說過。」

「因為你也沒有跟別人談到這個部分吧！遇到重要的事你就逃避了，心裡只是想著說出來也沒有用，然後故意說了相反的話，別人接受了你說的話反而讓你覺得自己在演戲，越來越恨自己。你現在首先要做的就是，試著不說任何一句自己不相信的話，但是只要說出來的話就要深入去想自己為什麼這樣說，你表達了多少心裡的想法，如果不夠，就試著再說清楚一點，不要一下子就推翻自己的話，也不要去擔心自己在別人眼中的樣子，至少先從在這裡做起，然後試著跟你最親近的人這樣說話，認真去看這樣做會不會有你所害怕的那種結果。」

「我害怕什麼？」

「你說呢？」

「我怕受傷，怕失去。」

「可是你又說其實你並不曾擁有什麼？」

「因為我知道一切都是短暫的，最後我依然會是一個人。」

「既然你認定別人一定會討厭你，離開你，那你還有什麼不能說的，反正不會更糟了。如果最糟的情況都已經知道了，還有什麼好怕的？」

「你真冷酷。」

「為什麼這麼說？」

「我以為你會告訴我今天我之所以會變成一個這樣的人，會這麼恐懼這麼不安，是因為我小時候發生的事，但你的說法卻是要我負起這個責任，這樣對我來說很不公平。」

「這個世界本來就是不公平的，所以才會有那麼多小孩像你一樣受到傷害，正因為受到了傷害，你更要對自己的生命負責，而不是一味地責怪自己，只有你知道你想要怎樣的人生，這人生是屬於你自己的。」

「我好像不是來接受治療而是來上課的，你說了那麼多道理，聽得我頭昏腦脹。」

「回到一開始的話題，你什麼時候弄傷了自己？」

「我不知道發生了什麼事？那天晚上我打完電話給你，原本心情已經很平靜了，我洗澡，然後開始寫東西，我寫了那個男孩，是我小學的同學，五年級轉來的，寫著寫著我不自覺寫出很多事，寫完我突然失去控制，開始滿屋子亂跑，停不下來，後來的事我記不清楚了，我並不是想自殺，只是想停下來，等我靜下來才發現我弄傷了自己，好像要很痛很痛我才能回到世界裡。我記起小學畢業典禮那天，男孩說要搬家到南部去，他說了很多，我只是看著他，心裡好害怕，我想說帶我走吧！哪裡都可以，但我沒說，我只是頭也不回地往前跑，一直跑一直跑，然後回家睡覺。後來我才知道我用石頭打傷了他的頭，他到醫院縫了好幾針。這是我第二次弄傷他。」

「那晚你沒想過找任何人談談嗎？」

「我不想讓別人看見我那種樣子，沒有人會喜歡的。」

「即使是愛你的人也一樣嗎？你身邊難道沒有一個可以讓你把痛苦的情緒表現出來的對象嗎？有沒有別人跟你傾訴過他們的痛苦呢？難道你也會置之不理嗎？」

「當然不會，我最能體會別人的痛苦了，這就是我人緣很好的原因。不過，來接受治療之後我幾乎斷絕跟別人的來往了，因為我腦子裡老是浮現起過去的事，我不知道什麼時候我會被突然浮現的記憶襲倒，記憶來了，排山倒海似地，我只想一個人躲起來。有時候我好後悔，或許我根本就不該來做治療，耳朵聽不見的痛苦只是一時而已，但是要我不斷去回想過去，這種痛苦根本是我不能承受的。我說出來了，但我沒辦法忍受別人只是安慰我『不要難過了，那些都過去了』，我沒辦法忍受『即使說出來了事實還是不會改變』，我會忍不住生氣，我氣自己沒有用，我會把身邊的人都趕跑，以前我還可以做一個性感迷人的女人，現在我變成了刺蝟，誰來觸碰我都會使我發怒，我找回了過去但失去了現在，這樣值得嗎？」

「我沒辦法告訴你值不值得，但我深信一切的代價都比不上保持沉默所要付出的，你可以對世界沉默，但你不能對自己沉默，你要先能對自己開口，然後才能對世界發言。這不是一朝一夕就可以達成的，但你確實在進步不是嗎？你想想自己現在跟過去有什麼不同，得到什麼失去什麼？」

「我現在最想做的就是好好整理我的一生，弄清楚過去發生了什麼，知道現在自己到底身在何處，將來何去何從。」

「你準備要面對你的過去並且試著說出來了嗎？」

「我一直在想『說出來』有什麼重要？」

「你覺得呢？」

「我覺得說出來才能讓我的耳朵恢復正常聽力，而且我也不會再失去那麼多記憶，我或許能夠更了解我自己。我要一點一點把它拼湊出來。」

「你可以的，每次你要說的時候你都要告訴自己不要害怕，如果覺得難受一定要告訴我。」

「我常常想，媽媽還活著的時候的我是什麼樣子，我這個人從小所擁有的特質，而如今在我身上還保有多少，如果有，那一定是非常珍貴而且難以摧毀的東西，我想要把那個東西找出來。」

「好好整頓自己的生活，下個星期我不希望再看見你受傷了。」

「下次見。」

【手記之九】

我呆坐在桌前，凝視著手上已結疤的傷口，想不起為何弄傷了自己，但記得那種疼痛，其實做愛的時候我經常都是疼痛的，彷彿肉體上的疼痛可以將我和世界關聯起來，我因為這撕裂皮肉的痛楚而更加確定自己確實存在，活生生血淋淋，我活在這裡，現在，不是那裡，也不是過去。

疼痛是會上癮的，就像我習慣於陷入愛慾糾葛之中，過度的陷入，明知道這與我想要的平靜生活是背道而馳，明知道我將會離開自己更遠更遠，我還是一再拿自己去試煉，把身體弄到麻木，讓記憶空白，直到我什麼都不剩，什麼都不留，直到毀壞。

我不要再這樣活著。停下來。

今天起我要開始學習哭泣，我要為了遺失那麼多時間而哭，為我早逝的童年，為我應有卻已夭折的純真，為我蒙蔽的自我而哭，我的哭聲如蟲鳴，眼淚流不下來，閉上眼睛我看見過去的我，看見我內在的小女孩猶如我親生的嬰兒，她稚嫩的臉，柔軟的心，發不出聲音的小嘴，我緊緊擁抱她但她掙脫我的懷抱，縮到牆角，她一直待在那裡，很多年了，我想起她是如何獨自掙扎著度過那些夜晚，想著她總是強裝勇敢，想起她曾經是那麼快樂那麼聰明，她不該受到這樣的對待，「沒有人應該這樣對待一個小女孩」，有個聲音這樣告訴我，我終於哭喊了出來。

我記起來了，那一天下午，剛放學，爸爸沒有到學校來接我，我自己走路回家，屋子裡沒有聲響，我到處找爸爸，爸爸在房間的床上躺著，我問：「爸爸怎麼了？」他說：「亭亭你過來，爸爸生病了。」

我好怕，爸爸會不會跟媽媽一樣生病呢？我坐到床邊，爸爸的臉色很奇怪，好紅好紅，「爸爸發燒了嗎？」我伸手去摸他的額頭，他拉住我的手說：「我好痛苦，快要死掉了。」「爸爸不可以死掉，媽媽死了，亭亭只有爸爸了。」爸爸說：「亭亭你聽話，你聽爸爸的話爸爸就不會死了。」「亭亭最乖最聽話。」我說，爸爸拉住亭亭的手，往他的腿上放，亭亭摸到很硬很硬的東西，原來爸爸沒有穿褲子，亭亭問：「這是什麼？」爸爸說：「這是痛痛，讓爸爸快要死了，亭亭乖，亭亭幫爸爸摸摸，摸摸就不痛了。」

亭亭乖乖聽話，伸手摸了痛痛，痛痛卻越來越硬也越大了，紅通通熱呼呼的跟爸爸的臉一樣，亭亭好怕，但是爸爸按著亭亭的手，大手包著小手亭亭沒辦法鬆手，手開始滑動，速度加快，爸爸叫起來，亭亭怕，「爸爸痛嗎？」爸爸不說話，手還是動著，越來越快，爸爸的叫聲好可怕，很痛嗎？爸爸不會死吧？

然後爸爸叫了一聲，亭亭的手濕了，什麼東西噴出來，又熱又滑又濕，白白的東西流出來，亭亭尖叫，爸爸閉著眼睛不動了。

「爸爸不要死，亭亭聽話，爸爸不要丟下亭亭一個人。」

亭亭哭了。

後來，爸爸睜開眼睛，笑了。

「痛痛流出來爸爸就不會生病了。」

爸爸說。

亭亭以後一定會聽話的。亭亭不知道痛痛是什麼，但是她知道這樣做是不對的，小時候媽媽教過我，絕對不可以讓別人摸褲子裡的地方，摸這裡是不對的。

但是爸爸不會讓亭亭做不對的事。一定的。

這是我記得的第一次也是我從沒有告訴別人和自己的事。

我想知道的是，那些已經隱抑的記憶究竟使我毀壞到什麼程度？

深入隱抑的記憶之後，我更頻繁地聽不見了，但聽不見時我試著不再像過去那麼驚慌，也不再失控地把頭往牆上撞，我靜下來，集中注意力，張開我失去功能的雙耳，把大腦打開到最大最深，我其實可以聽見某些聲音，但這些是不存在現在這個時空的聲音，屬於過去，屬於那個地方，我發現，原來我聽不見的時候我並不在這裡，我跌入了過去，失去了對此時此刻的所有知覺。

這是一切的開始。

一個小屋，那個小屋，燈火總是徹夜通明，一對父女，他們讓燈火整夜亮著以阻擋黑暗，這屋裡住著的是恐懼和慾望的衍生物，父不父女不女人不人鬼不鬼，那做為父親的男人任憑慾望擺弄，那身為女兒的小女孩則裝聾作啞，世界遺棄了他們，不，是他們自棄於世界之外，一開始就這樣了，那個總是躺在病床上的母親阻擋不了一切，她終究還是死了，死亡摧毀人性最後一點堅持，或者人性根本就沒有尺度，只有慾望與恐懼日復一日瀰漫這屋子，女孩的恐懼那麼柔軟，一點點哀求和哭泣就使她投降，女孩總也不哭，只是不言不語，做她該做的事，做男人要她做的事，人該做的到底都是哪些事？她不明白，只知道一切都沒完沒了，沒日沒夜，沒法沒度，在這個屋裡，什麼都沒有準則。

經常，男人不在的時候，女孩把身體浸在水裡，試著融化自己，這被隔離開的身體變成一株植物自生自滅，女孩低下頭，將臉埋進去，冰涼的水如此溫柔地覆蓋女孩發抖的臉，植物需要水，很多很多的水，更多會怎樣？女孩用力往水裡沉，一會她嗆住了，在水裡咳嗽起來，噗噗噗吃了點水，忍著不抬頭，頭卻自己衝出水面，大口呼吸，因為植物知道自己需要空氣，女孩知道自己需要什麼嗎？

她想要一件隱形衣。

什麼味道飄進來了？有人在炒菜，聞著香味女孩的肚子咕嚕咕嚕叫，男人大聲喊，「待會就有晚飯吃，吃完晚飯就要玩遊戲了」，想到遊戲，女孩吐了。遊戲是大人給小孩吃的糖，小孩吃了就睡不著了。

家庭訪問日。女孩算著日子等待這天，等待老師會發現女孩的身上有什麼味道，腥臭腥臭的，老師會看見女孩臉上的陰影，老師會知道她沒有說出來的是什麼，這樣女孩就可以得救吧！該洗澡了，老師說。老師幫女孩洗澡洗頭髮剪指甲，老師給女孩童話書和蠟筆，一疊白淨的圖畫紙，老師摸摸女孩的頭髮，「媽媽不在你要更乖」，說完老師走了。那天，男人沒有回家。

女孩懂了，世上沒有人能走進這個屋子，他們總是在門外徘徊，因為他們看不見門在哪裡，女孩就在那扇門之後，他們看不見小女孩沒有流出的眼淚。

根本沒有所謂的事實。

女孩開始在紙上畫圖，畫小人睜著眼睛看門縫底下的光線，畫小人張開翅膀飛翔在黑夜的邊緣，畫小人用手捂著嘴巴把臉貼在牆壁上，女孩總是畫圖，老師搖搖頭，你看，她的圖總是不像，她的小人沒有嘴巴沒有身體，可是竟有三隻眼睛，頭也太大。女孩說：「真的是這樣，我看見的。」老師說：「你說謊。」大家都笑了。

女孩依然畫圖，但再也不給別人看。

女孩期待著長大，她想像著長大後可以到很遠的地方去生活，她要有自己的房間，門要上鎖，不讓任何人進來；也許會有一個人來愛她，很愛很愛，但她不要別人愛她，愛使人變成魔鬼，她受夠了。

遠遠地，她的心飄到很遠的地方。始終飄流浪蕩，她沒有家，沒有歸屬，這世上可有一片土地容她著落？她一直切切地追尋。

第九次會談

「這個星期怎麼樣？」

「上次來醫院的時候，我遇到了一個朋友阿歷，是大學的同學，他現在在一家藝術經紀公司工作，那天傍晚我們一起吃飯，之後見了幾次面，晚上經常講電話一聊就是好幾個鐘頭，睡不著的時候我就打電話給他，因為他也會失眠。我很久沒有跟年輕的男孩子交往了，以前念書的時候我跟班上的同學都不熟，但他卻說了很多關於我在大學時候的事，是從他的角度來看的，他說那時同學都叫我『恍神公主』，因為我老是恍恍惚惚陷入神遊的狀態，我畫的畫總帶著超現實的魔幻色彩，待人雖然很親切，但那種親切卻帶著強烈的自我保護，他說他一直都很喜歡我，但卻無法接近我。我告訴了他我來做治療的事，沒想到我可以跟別人聊這麼多，可能是他比較了解吧！他媽媽有憂鬱症，就在這家醫院裡住院，一年多了，他讀了很多關於精神病理學跟心理治療的書，我們可以聊很多這方面的事，當然還有繪畫，我給他看了我這幾年的畫，可以有這樣一個朋友蠻好的。現在有兩個知道我的祕密而沒有跟我上過床的人了，一個是你，一個是他。」

「我發覺你特別強調『知道你的祕密而卻沒有跟你上床』這點，如果這真的如此重要，我想並不難做到啊！」

「是不難，偏偏我一直都做不到，以前我沒想過這個，我當然也不是遇到誰都說，但是每一個都是在我告訴他們之後就改變了我們之間的關係，這種過程真的很相似，我跟某個年紀很大的男人認識，起初都沒什麼，然後我們會在某個下雨的夜晚聊起彼此的過去，然後我說了我的祕密，然後我們就做愛了，然後他會像一個父親這樣愛護我疼惜我，然後又來了另一個男人，相同的情況又上演一遍。慢慢的，我懷疑我所說的一切都只是為了勾引別人而捏造的謊言，有時我甚至認為如果不是因為我曾經發生過那件事，根本不會有人愛我。多麼弔詭，彷彿因為我經歷過『不可思議、難以想像、令人髮指、想必令人痛不欲生的遭遇』，他們確實是這樣形容的，我才成為一個特別的女人，因為他們知道了我的過去，才張開眼睛重新認識我，我卻因此更加不認識自己了，『我到底是什麼？除了做為一個受害者，我這個人還有別的身分嗎？』他們那種想當然耳的痛苦與創傷在我心裡卻找不到任何蛛絲馬跡，我越是找不到我應該產生的痛苦我越是厭惡自己，我不是應該痛苦的嗎？我不是應該變得更勇敢更堅強來證明我終於突破過去的創傷成為一個全新的人嗎？為什麼都沒有呢？我所察覺的只是荒謬而已。如果現在把那件事從我的身上拿開我還剩下什麼呢？為什麼我自己又在不斷的訴說這件事呢？我被這些反覆而沒有解答的疑問弄得好亂。」

「就像你身上帶著一個神祕的光環，你認為自己是因此才發出光亮，如果你拿掉了那個光環，你想那兒會有什麼呢？」

「那個光環現在已經所剩無幾了。」

「你看到什麼？」

「其實以前我從沒有真正到達那裡，我看見了什麼，但我不去承認，我轉過頭去，我以為我可以大步走開。現在我明白了，他們會跟我做愛是因為他們無法承受聽到的事，我會跟他們做愛是因為我想要忘記，每個人在那件事面前都自動閉起眼睛關掉耳朵，我們都希望一切並未發生。」

「可是假裝一點幫助都沒有。」

「所以我就到這裡來了。」

「你也可以從這裡走開，你最擅長的事不就是逃走嗎？」

「其實我哪裡也去不了，我現在只希望可以找出一種跟它和平相處的方法。好吧！有這件事，但我的人生不只有如此，雖然看起來我是一直圍繞在這上頭打轉，但我並沒有發瘋，或許我終其一生都要為此付出代價，但我不允許自己放任它來吞沒我的人生。」

「你希望怎麼做？」

「這段時間裡我所記起的往事比過去幾年都還要多，幾乎可以說我是用盡了全力在搜尋我已遺失的記憶，希望這是個起點，將過去盡可能的拼湊出來，我知道就算找出了全部的記憶也不能讓我好起來，但至少我再也不用去躲避什麼，當某個破碎的記憶突然來襲我也不會再因此而方寸大亂，因為我已經度過了最糟的時刻。」

「我正想告訴你，想起來和說出來都不能擔保你從此可以脫胎換骨，過著前所未有幸福快樂的日子。正如做心理治療並無法改變你現有的處境，也沒辦法幫你找到人生的方向。而且當你不斷回憶的時候你同時也再次經歷了那時的痛苦。」

「我知道，我並不怕痛苦，甚至可以說我想知道當時我究竟是不是痛苦的，這點對我而言很重要。以前我常想，如果小時候爸爸沒有對我做過那些事，我現在一定活得更好更快樂，我什麼事都做得到，但我現在明白，我之所以沒有做好什麼事，是因為我自己並不曾認真的爭取，因為我一開始就放棄了，我一直害怕失去，但結果卻一無所有。那些假設性的『如果當初沒有怎樣怎樣，如果我可以如何如何』之類的想法只會讓我對自己更不滿更不諒解，一點幫助都沒有。」

「不是每個人都能像你可以反省得這麼深入，無論有沒有創傷記憶的人，你跟我剛認識的時候有著很大的不同，你感受到了嗎？」

「是啊！我告訴自己，可以度過那些艱難的歲月，我一定是個很勇敢的人，不需要再隱藏自己的痛苦來證明，因為我本來就很堅強。我本以為沉溺在痛苦的回憶裡是一種逃避的行為，現在我不這樣想了，我越是認真去面對我的記憶，越能體會到自己內心的想法，而且我一點也不耽溺，我只是想知道發生了什麼事，那些事在我身上留下了什麼痕跡。」

「有什麼新發現嗎？」

「去年發生了另一件事我沒有告訴你，連我自己都沒有說，五月中的時候，我接到了一封信，那時我剛好回家，到信箱裡拿信，看見一封寫給小媽的信，原本我是不會去拆別人的信件，但不知怎地，我覺得這封信我非看不可，因為信封上的字跡和寄件地址我很熟悉，是高朗的太太寫的，直覺告訴我這是關於我的信，我偷藏起來，躲到房間去看，信裡面寫著非常惡毒的內容，她寫著『如果你不阻止亭亭，不要讓她繼續破壞我的家庭，我會告訴你身邊每一個人，你跟亭亭共用一個丈夫，聽清楚了嗎？你那個可愛的女兒跟你丈夫有不可告人的齷齪的勾當，你們這個家庭真噁心，亂倫變態，我給你最後一次機會，如果你不希望我做出瘋狂的事，你就叫你女兒離開我丈夫，不要把我逼急了。』我看了這封信，腦子轟一下炸開，一方面是驚訝於她那惡毒的語氣，一方面是吃驚，為什麼她知道我的事？那時只有幾個人知道，除了高朗，另外幾個人都是和她不相干的人，所以一定是高朗告訴她的，為什麼高朗會告訴她呢？我搞不懂，整個人很亂，我立刻打電話給高朗質問他，然而高朗說是因為她偷看了他的日記，那時我竟然相信他了，我真蠢啊！他明知道他太太一直都會偷看他的日記，為什麼他還把這種事寫在日記上呢？而且他並不是一開始知道就寫的，而是在我們的事被發現之後，在他太太鬧得不可開交之後才寫的，這分明是在為自己脫罪啊！但我那時真的沒有懷疑過他的動機，只是生氣他太太的舉動。後來六月的時候高鳴來找我，我又發現他也知道我的事，這些事情累積起來對我形成了莫大的壓力，除了壓力之外還有信任感的破壞，我告訴自己高朗『不會傷害我的』，他這麼做一定有他的苦衷，我一直都是如此，無論誰傷害了我，我總是幫別人找理由，對我爸爸也是這樣，『他一定有苦衷』這是我用來原諒別人安慰自己最好的藉口。直到現在我才明白，高朗這樣做對我的傷害有多大，而我卻一直幫他找理由，不斷欺騙自己，因為我無法相信一個口口聲聲愛我的人會不顧我的安危恣意地洩露了我的祕密。他為了自保而說出了我的祕密，他拿『你們看她多麼可憐，我跟她在一起是有原因的』來做為換取跟我繼續交往的籌碼，為自己的行為脫罪。這些事情一擁而上把我推入了莫大的恐懼之中，我不明白當時我為什麼沒有察覺事情的嚴重性。」

「你說你是最近才想起來的？」

「很可笑吧！我就是這樣，我什麼都清楚但我卻不記得，因為不想知道我把它們排除在記憶之外，所有的事都是如此，我的後知後覺是為了保護自己，發生了什麼事讓我害怕，我就會想盡辦法找出一個又一個完美的理由來詮釋它，說服自己這並沒有什麼，『不會的，他一定不是有意的』、『沒什麼大不了的，我沒有這麼不堪一擊』、『相信他，他是愛你的』、『愛你的人做的事絕不會傷害你』，我不斷地告訴自己。我一直都用這種方式自保，但卻因此讓自己受到更大的傷害，而且讓這傷害無止盡地擴大，滲透到我整個生命裡，讓我不斷的扭曲變形，直到分裂成無數個碎片，喪失了自我感變得一團混亂，我所受到的傷害形式雖然不同但都有相同的模式，但我自己卻成了幫兇。這些都是我開始做心理治療之後才漸漸覺察的。」

「事情越來越清楚了，你現在知道自己為什麼聽不見了嗎？」

「我懷疑我不是聽不見而是把現實推到我的聽覺之外，換句話說，我根本就是不想聽見才聽不見的，人的意識真的非常奇妙，我竟能巧妙地改變自己的生理狀況來因應我的心理變化，我有這種能力，很久以前就有了，第一次是在媽媽住院的時候，我都睡在病房裡，因為爸爸白天要上班，晚上才能到醫院來看顧媽媽，媽媽病重的時候痛得很厲害，整個晚上都在哀嚎呻吟，我聽了心好痛，難過得不知道怎麼辦才好，我好希望這些聲音都消失啊！於是我試著把耳朵關上，我集中注意力盯著媽媽頭頂上方沾在牆壁上的一塊小小的汙漬，想像那是一個小狗的腳印，我想到隔壁養的大狼狗，想到我經常開心的跟牠玩球，漸漸的我就聽不見媽媽的聲音了，我睜著眼睛，看見她扭曲的臉，張大的嘴，可是我聽不見她的叫聲，整個世界都是安靜地，非常安靜，我慢慢進入一個安靜得彷彿黑暗湖底的空間裡，覺得輕鬆，然後不知不覺趴在床邊睡著。

媽媽的喪禮上也是如此，我聽不見哭聲，聽不見誦經的聲音，這樣的我就不會痛苦，我才感到安全。那年，我九歲。」

「然後，你擁有了把耳朵關上的能力而不自覺？」

「是的，後來當我爸爸不斷跟我敘述他的痛苦的時候，當我爸爸拿著色情圖片告訴我女人是怎樣跟男人做愛的時候，當他因為射精而呻吟的時候，當他要我像個女人那樣有反應的時候，當我漸漸長大他告訴我我的身體有什麼反應的時候，我想著那個小狗的足印黏在我的眼睛裡，我在心裡默唸著，『亭亭什麼都聽不見，亭亭什麼都不知道。』一次又一次，用這樣的方法讓我把耳朵關上，我不但關上了耳朵，甚至還關閉了我的記憶。」

「所以當去年發生了跟過去相關的事件之後，你又陷入了跟當年相似的情境裡，所以你的能力又出現了？」

「我想是這樣沒錯。高朗的做法破壞了我對他的信任，這麼多年來他是第一個讓我信任的人，我全然地相信他愛我，我想是這種信任打開了我記憶的黑盒子，讓我安心地把自己的祕密說出來，然而他卻把我的祕密交到一個恨我入骨的人手上，讓她有機會來威脅我恐嚇我，我一心想要找理由原諒高朗，因為我無法忍受『他是不值得信任的』這個念頭，但我的潛意識已經在防衛了，雖然我的防衛並無法使我更安全，反而讓我更退縮，更不願面對現實，我以為只要讓每個知道我祕密的人愛我，就安全了，所以才會去勾引高鳴跟程宇翔，我這樣做也有報復高朗的意思，但這些越來越複雜的性關係使我更厭棄自己，失去控制的感情也讓我更沒有安全感，恐懼和自責山洪爆發似地來襲，我不知道下一分鐘會發生什麼事？我不知道這些現在口口聲聲說愛我的男人，一轉眼會不會出賣我？我害怕，還有多少人知道我的事，而那些人又會告訴多少恨我的人？誰還會來嘲笑我威脅我呢？我不知道如果小媽知道了我的事，如果她去找爸爸對質，如果有一天我必須要去面對她和爸爸，必須要當面跟他們談判，我會怎麼樣？許多的如果和假設讓我好害怕，但這種深深的恐懼一直壓抑著，直到我進行墮胎手術時被全身麻醉，才爆發出來，那時我是因麻醉藥而陷入昏迷，這種失去意識的狀態開啟了我多年前將自己催眠的能力，於是，當我在電影院裡看著那些小男孩被帶到地下室時他們驚惶的眼神，我聽見他們說自己夜裡總會大叫著醒來，我苦心經營的平靜狀態一下子瓦解，噹的一聲，我所害怕的事發生了，我看見我爸爸，看見自己，所有的事都回來了。就是這樣，我再一次進入了我聽不見的世界裡，只是我不知道這是我保護自己的能力，以為自己出毛病了，因為太害怕而來找醫生，才有機會重新發現這些事情。其實去年我就應該會大崩潰了，結果卻延遲了那麼久，也許我的身心都很頑強吧！最近我簡直是把自己整個拆開來大翻修嘛！現在還得一片一片的拼上去，也不知道到時候會拼成什麼樣子？」

「你是後來才記得那時的感受？」

「我好像要不斷地逼問自己，不斷地把自己的記憶掏出來看，看那些空白麻木的地方，看我一直看不見的事，然後我的感覺才會浮現，我才知道自己那時真正的想法，這是非常漫長的掙扎，表面上看不出來，我已經脫掉好幾層皮了。也許真正的我隱藏在那些表皮之下，隱藏得非常深。」

「但你已經漸漸把自己挖掘出來了？」

「我記起了很多過去我以為自己忘掉的事，而且非常的清楚。」

「要不要說說看？」

「就像我在手記裡寫的，我記憶中的第一次，當我爸爸要我為他手淫的時候，我以為他生病了，他是這麼告訴我的，那時媽媽去世沒多久，我真的很怕爸爸也會離開我，雖然我不知道爸爸為什麼要我這麼做，但我知道只要可以讓爸爸的病好起來，我願意為他做任何事。」

「這可以解釋為什麼你看到的自己一點反抗的念頭都沒有，而他其實也沒有逼迫你。」

「起初是這樣的，性對小孩子來說是沒有特殊意義的，但我那時還是覺得奇怪，我對於爸爸那種判若兩人的反應感到恐懼，我也不知道為什麼需要做那些事來讓他好過一點。漸漸的他不能滿足於只有手淫了，我記得他第一次要我為他口交的時候我非常害怕，儘管他不斷告訴我一定要把那個東西放進嘴巴裡，我還是覺得不舒服，我想，後來他是近乎強迫地把陰莖放入了我的嘴裡，我馬上就吐了。」

「可是他還是繼續要求你這麼做？」

「後來他要求的更多了，他會脫掉我的衣服，撫摸我的身體，趴到我的身上用力的摩擦，然後射精在我的肚子上，當然我那時不知道什麼是射精，只是每次我都會到浴室洗掉那些黏稠的液體。直到國小五年級的時候，一天，教室外有兩隻狗在打架，有幾個調皮的男同學大笑著說，『妖精打架』，還有人說，『小孩子就是這樣生出來的』，老師突然很嚴肅地說，『你們知道孩子是怎麼生出來的嗎』，然後老師就拿小狗做比喻，說公的小狗怎麼樣爬到母的小狗身上，牠會從尿尿的地方伸出紅色的尖端插入母的小狗尿尿的地方，然後流出一種會讓小狗懷孕的，白色或透明的，黏黏的液體，就是這樣，小狗就生出來了，『人也是這樣生出來的，所以你們要記得，不要讓別人碰你們的身體那些祕密的地方，尤其是女孩子，這樣會懷孕。』我記得他再次強調。那時我終於知道爸爸對我做的事是不對的。我簡直嚇壞了，怎麼會這樣？為什麼爸爸要這樣做呢？我不明白，我好害怕。」

「你沒有想過要告訴老師嗎？」

「我想過，但是我不敢，如果別人知道爸爸對我做了壞事，他們會怎麼對我呢？那時我是班長，每年都是模範生，我不敢想像老師會怎麼看我，而且我不相信爸爸會做壞事，一定是弄錯了，我還想，爸爸一定不知道那是不對的事。那天晚上，爸爸又要我脫衣服，我哭了，『老師說，這樣會生小孩子，這是不對的。』他很震驚，『你告訴老師了？』他問我，『沒有，我沒有說，是老師上課的時候教的。』他說了很多安慰我的話，他說老師說錯了，只有結婚才會生小孩，爸爸跟女兒不會生小孩子，他說：『因為媽媽死了，你不幫爸爸，爸爸也會死的。』我不相信，無論如何都不肯，他就哭了，哭得好傷心，他說亭亭是壞孩子，說亭亭不乖，我很害怕躲到浴室裡把門鎖起來，他不停地敲打浴室的門，大聲哀求我，我不開門。後來我在浴室睡著了，醒來，爸爸不見了。」

「他走了？」

「結果，過了三天他才回來，那三天，我只能吃冰箱裡剩下的一點東西，肚子好餓好餓，我想爸爸一定是不要我了，怎麼辦呢？我想，我一定要聽話，如果爸爸回來，我一定要很乖很乖，不然爸爸又會不要我了。就這樣，等他回來之後，我就聽話了。」

「恐懼應該就是從那時候開始的？」

「除了恐懼，還有罪惡感，我已經知道那是不對的事，我也知道爸爸並不會因為那樣就死了，我知道我已經跟別的小女孩不一樣了，但我卻選擇了順從，因為我別無選擇。有時候我會想辦法到同學家住，可是他會打電話來找我，接我回去，我也試過不回家，但我根本沒有錢，晚上一個人在廟裡躲著，又餓又冷，怕黑，怕壞人，我都不知道可以到什麼地方去。」

「你沒有想過向別人求助嗎？比如說親戚？你沒有爺爺奶奶？鄰居呢？」

「我們的親戚都住在彰化，從小我們家就很封閉，幾乎不跟別人來往，媽媽死後情況更嚴重了，雖然鄰居有一些阿姨對我很好，但是，我想那時我根本不敢告訴別人，而且我已經沒辦法相信誰了。唯一一個我曾經想說的人就是我喜歡的那個男孩子，但是我連他都不能說，我心想，等他知道我的事，他就不會再對我好了。我愛我爸爸，可他是跟我最親的人，但我總是怕他，躲著他，後來我堅持要睡在樓下的鋼琴房裡，可是這也沒有辦法阻止他，他為了怕我反抗，都在我睡著後把我抱上樓進他房間。就這樣，我從小就沒辦法睡好，我不敢睡，也沒辦法睡熟，我害怕黑夜，害怕睡著，害怕被驚醒，從那時候起，注定了我終生都要為睡眠所苦。真不敢相信我可以活到那麼大。」

「什麼力量支持你活下來的？」

「我不知道，可能只是很單純的求生意志吧！小孩子的世界是很奇妙的，雖然有那麼可怕的事發生，而且明知道這是一定會發生，一定逃不了，但心裡有一種感覺，只要趕快長大就得救了，長大了可以自己賺錢，離開這個地方，獨自生活，他就沒辦法找到我了，但是長大必須等待，而且是很漫長的等待，在還沒有長大之前我唯一可以想到的辦法，就是假裝自己不在這個地方，假裝自己不是亭亭，我常常跟自己說故事，告訴自己其實我真正的父母在很遠的地方，我是一個奇妙國家的公主，有一天我親生的父母會來帶我走，我可以到一個很安全的地方，不會挨餓，也不用做自己不想做的事，我會把我想的都畫在圖畫紙上，我會用娃娃演戲，自己跟自己說話，我會看書，想像自己是書裡的人物，我也會寫自己編造的故事，這些方法讓我暫時忘掉痛苦，我想我一定是假裝得太成功了，後來真的忘掉了一切。」

「你不覺得那個小女孩很勇敢嗎？你現在還會責怪她為什麼不反抗不痛苦嗎？」

「這麼久之後我才能體會那個曾經是我的小女孩心裡的感受，她是痛苦的，當痛苦和絕望達到某種程度的時候，看起來就變成了麻木，因為任何一個軟弱的情緒都會使我發狂，所以我看見的自己都是面無表情的。」

「你從她臉上看見了什麼？」

「我看見我自己。」她閉上眼睛，長長的睫毛不住地顫動，眼球在薄薄的眼皮下輕微地跳動著。「那是我沒錯，我那時候就很蒼老了，白天我就像一般同年齡的孩子那樣上學，因為睡眠不足總是打瞌睡，但我把書念得很好，努力做好每一件事，老師同學都喜歡我，回家後我就煮飯洗衣服寫功課，等爸爸回家。我怕爸爸回家，但更怕他不回家，多麼矛盾？在那個屋子裡，在這個世界上，只有我們兩個人是最親的，我知道他會要求我做我不願意的事，但我也知道失去他，我將無法一個人存活下去。別人的爸爸都是怎樣的呢？我不知道，我只知道沒辦法選擇父母，但卻可以選擇記憶。」

說完，她張開了眼睛，空茫的眼神，彷彿她並不在此地。

「所以，不要再責怪那個小女孩了，釋放她吧！也把你自己從那個記憶裡拯救出來。」

「拯救我自己？這句話聽來多麼熟悉，我一直都想讓自己從那惡夢裡醒來，卻立即又跌入了另一個惡夢裡，一轉眼，十幾年過去了，我就在這醒醒睡睡睡睡醒醒的情況下，遺失了我自己。失去了夢想，失去了睡眠，失去了記憶，變成一個空殼子。」

她深吸一口氣，然後緩緩的吐出來。

「你知道我為什麼喜歡抽煙嗎？抽煙就像嘆息，我燃燒我的生命，為的就是可以嘆息。我為這世間一切的苦難，為人性的懦弱與悲哀、貪婪與自私、醜陋與善良，為無法說出口的傷痛，不斷不斷的嘆息。我不會再自責了，只是覺得好悲哀。」

「不要忘記，你已經長大了。」

「我知道，只是我還不知道自己長成了什麼樣子？我還要想一想。今天已經說太多了，腦子有點空空的，下次再談吧！」

「下星期見。」

【手記之十】

她在暗夜漂流。

黑暗的光形成一片寬闊的海洋，沉浮著她裸埕的身體，為什麼女孩總是不穿衣服？衣服被水飄走了，她拚命跑著，追不上那吞沒的速度。

在海邊，同學都穿上美麗的泳衣在游泳衝浪，女孩獨自在岸邊，望著那深邃無邊的藍色汪洋，一步一步走向前，海水浸濕了她的雙足，淹過她的小腿，包裹著她的下半身，溫柔的海包含一切，也將包含著她的恐懼，女孩試著蹲下來！將頭埋進水裡，好溫暖，什麼東西漂浮起來了，像一個遙遠的夢，在這裡睡著，乖，閉上眼睛，一下子就不痛了。女孩睡了。

「老師，方亭亭溺水了。」

有人大叫。

最後一眼，女孩看見水面上有金色的陽光，許多臉孔漂浮在上方，一雙雙眼睛盯著她看。

不好不好，女孩掙扎著，不該讓別人看見的卻暴露出來了，她們一定都看見了她的身體，看見她沒有任何保護的，脆弱的內裡包含著那麼多的不堪。來不及掩飾了。

原來我從很久以前就試著殺死自己了，這多麼矛盾，我一邊掙扎著度過那無數個苦痛的夜晚，一邊卻想盡各種方法來謀殺自己，水裡來火裡去，我受盡了生命的苦刑，為何我仍頑強地留著這條命？但假若我已經度過那最艱苦的時刻；如今我為何又不能好好善待自己？

你說，說出來是重要的。說出來之後呢？

我竟虛度了那麼多時光。

告訴我，你從我臉上看見什麼？

再說更多，現在我每每提筆，總是流淚不止，可以哭出來是輕鬆的，我流淚痛哭，悲悼著那些破碎的記憶，我的內在不再那麼模糊了，痛哭著我的苦痛，痛哭我未能說出口的恐懼，淚水洗滌了我的傷口，或許我不再需要用肉體上的疼痛來遮蓋靈魂裡巨大的哀傷，但我仍無法原諒自己。

為什麼呢？你說，那不是你的錯。

不是嗎？我不確定了。

記得那個小女孩，是我沒錯，我也曾犯下和他相同的罪。

黃昏的時候，亭亭跟鄰居的孩子玩捉迷藏，她十二歲了，帶著鄰家一個十歲的小男孩躲到隔壁的穀倉裡，那個男孩總愛跟她到處亂轉，他們在隱蔽的穀倉，她要男孩聽話，脫下衣服，男孩照做，她用手玩弄著男孩小小的陰莖，手勁逐漸加強，男孩哭了，好痛啊姊姊！

好痛！

她溫柔地撫摸男孩的身體，要他別哭。

這時候她想到什麼了呢？

不是姊姊，叫媽媽。

她說。脫掉自己的衣服，捧起小小的乳房，要男孩過來。

來，媽媽餵你。不哭了，乖乖的，媽媽疼你。

男孩真是好乖好乖。

她用力推倒男孩，大聲罵他。

不許讓別人這樣對你，不許讓別人這樣對你，懂不懂。

男孩睜著含淚的眼睛望著她。

她身體一軟倒臥在地。

兩個人緊緊擁抱著都哭了起來。

只有這時候她才能夠哭泣。

這是真的發生過的事，不止一次，是很多次，為什麼我會這樣做呢？那個小男孩後來怎麼了我不知道，他們全家都搬走了，我封閉了所有關於童年的記憶，但我的身體記得一切，記得我受到的傷害也記得我施予別人的傷害，一直都是如此，那點點滴滴形成我記憶中無可抹滅的傷痕，因為太過殘酷而使我完全地遺忘。

這就是我在電影院裡記起而又羞於面對的事。

我也同我父親一樣因為痛苦而使自己變成惡魔嗎？

我好害怕。

刀子劃破肌膚，割劃出一個一個嘴巴，說出隱形的話語，大聲地，無聲地說，流出了血流不出眼淚，為什麼他們看不見我說的話？

第十次會談

如同往常一樣，每個星期一我都會收到她寄來的信，裡面有著她寫的手記，或長或短，有時只有寫字，有時會附上簡單的圖畫，我總是期待著她的來信，她用文字與繪畫表達的世界深深地吸引了我，也引領我走近她神祕複雜的靈魂深處。這次我收到的文字特別使我驚心，因為其中揭露了她的另一個祕密。

「我想跟你談談你寫的，關於那個小男孩的事。你要不要說說自己的想法。」

這件事一定使她非常內疚，所以一見面我就問她。

「書寫有一種魔力，它顯露了我無法控制的部分，原本不想讓你讀我這次寫的內容，關於那個小男孩，我甚至忘了他的名字，長久以來他都不在我的意識裡，而是在這緩慢的治療與書寫過程中浮現出來的，伴隨著其他事件，一樁一件，越來越叫我害怕，在我逐漸明白所謂創傷記憶對一個人的影響是如此廣泛而長久後，我好怕他也跟我一樣變成了扭曲的人，我甚至會擔心當我到醫院來的時候會發現他正在另一個診療室裡喃喃對另一個醫生訴說我當年是如何對待他，他的生命是如何因為我而嚴重扭曲，他可能跟我一樣會失眠、自殘、甚至更嚴重，我不知道我怎麼能夠當做沒有發生任何事而繼續活下去？我那樣做很可怕對不對？我也不知道自己為什麼如此，我是不是在發洩啊？因為自己太痛苦所以就找一個替死鬼來出氣？我怎麼這麼變態？」

她哽咽著，眼神裡透露出驚慌與迷惑，無助地望著我。

「我不知道他現在究竟如何了，我想你也不知道是吧！你很想知道他過得好不好是嗎？」

「我真的沒有勇氣去知道，也許他也跟我一樣把記憶隱抑起來了，直到有一天突然想起，然後非常恨我。」

「也有可能他一直都記得，但不認為那是一種傷害？你覺得那時發生的事就像你父親對你做的嗎？有沒有可能你們其實只是因為好奇而探觸對方的身體？雖然是你主動的，但你並沒有脅迫他不是嗎？」

「我爸爸也沒有脅迫我啊！難道你要說是我自願的，我是因為好奇？」

「我只是希望你不要因為內疚而誤導自己，你試著把事情經過想清楚一點。」

「我的印象很模糊，越是努力去想越捕捉不住。」

「你們兩個是玩伴嗎？是不是比其他的小孩更親近些？你先從事情外圍去想，想想他是個怎樣的小孩，為什麼他特別聽你的話？還有你寫到關於『不是姊姊，叫媽媽。』這段文字，這有點不尋常是嗎？」

「他住在我們家隔壁，好像也沒有跟媽媽住，」她停頓了一下，微瞇著眼睛像在腦中搜尋著什麼？然後開口，「不對，他有媽媽，但他媽媽很兇，動不動就打他，我想起來了，他媽媽很愛喝酒，爸爸是個賭鬼，家裡總是鬧烘烘擠滿了賭客跟酒鬼，父母根本都不管小孩子有沒有飯吃，他常來我們家，身上總是帶著傷痕，我會幫他清洗傷口，拿故事書給他看，我會弄東西給他吃，他特別黏我，因為我對他很好。」

「既然你對他很好，你應該不會刻意去傷害他啊！」

「我不清楚，那一次我們躲到穀倉裡，好像躲了很久，我們都不想回家，我是怕我爸爸，他則是怕整個家裡的人，他一直抱著我，我說不上來，有某種氣氛存在我們之間，我很疼他，他很信任我，但我卻脫了他的衣服。沒必要這樣做，總不能說你疼一個小孩就要脫掉他的衣服吧！我爸爸就是這樣，鄰居的大哥哥也是這樣，濫用我對他們的信任。」

「那時候的你被身邊發生的一切都弄混了。也許你只是想弄明白一些事？」

「我把他想像成我的愛人了！是這樣的，好奇怪，我對什麼東西好奇了，在他的身體某個地方，有什麼東西是我想要知道的，我要用手去撫摸確認，我就做了，他抱著我的時候我就想要親他，我真的親了，他也親了我，兩個小孩子學做大人的事，我脫了他的衣服，他也脫了我的，我們一直互相撫摸，還笑了，因為好癢好癢，我看見他兩腿間的小東西，軟軟白白的，就伸手去摸他，然後下意識地不斷上下搓揉著，像我爸爸要求我做的那樣，我想起自己總是弄得手好痠，嘴巴也好痠痛，可是他都不肯鬆開我，這真是苦差事，想著想著我逐漸生氣起來，兩手用力一擰，他就叫痛了！我才察覺到他不是我爸爸。好奇怪，那段時間裡我們很多次都到那個穀倉去，我常常還是不知不覺就弄痛他，一接觸到別人的身體我就恍惚了，這種情形直到現在還會發生，誰都不是我爸爸誰都可能是我爸爸，做愛的時候我總是不自覺想要表現出自己手淫和口交的技術，有時又會因為男人射精在我嘴裡那種腥熱的氣味而驚慌不已，生氣起來我會大聲喊叫，男人都說為我瘋狂，我也為自己荒唐行徑而瘋狂，那一幕一幕看似男歡女愛的情慾糾葛展露的是我自己內在的破碎和混亂，但他們從不知情。那個小男孩，中了慾望的毒，但我看見的不是他，他喜歡我摸他，我喜歡他親我，我不知道那代表什麼，只是到後來我們都會抱在一起哭，也許因為我們的生活都很可怕吧！」

「這跟你父親對待你的有本質上的不同，因為你跟小男孩之間有一種對等關係，有點像是偷嚐禁果，雖然那時候你們根本還太小，但你對性已經有基本的認識了，而這種認識還帶著許多複雜的層面，我想他應該不至於感到受創，不過這件事對他而言也會造成某種影響，但未必是負面的。」

「你這樣解釋是不是在為我脫罪啊！」

「我不需要為你脫罪，因為性不是罪惡，慾望也不是，罪惡的部分是暴力和強迫，使人受傷的也是這個。這麼多年來你會沉溺在性愛裡或許是因為你一直在尋求安慰，渴望從性之中找到解脫。」

「我現在知道這樣是徒勞無功的，只會讓我傷得更重失去更多。我想要真正的愛，不需要用性作交換，不需要以滿足別人的慾望來贏得愛，但我不知道該怎麼做？」

「說說你跟阿歷的關係吧！你上次提起的那個大學同學，你們並不是情人是嗎？但他還是很關心你？」

「我們是不是情人？這是個好問題，前幾天他也這麼問我，我說大概不是吧！因為我們並沒有上床啊！他笑了，他說：『如果我們一開始就上床的話，現在我們可能已經不來往了。』真是奇怪，換做以前我一定會很納悶，怎麼會有人這麼不渴望我，會不會是我沒有魅力呢？但是跟阿歷在一起，我從來沒想過這個問題，我們很自然地就能了解彼此，我不知道這是不是愛情，但是很溫暖，很輕鬆，我從不知道我可以跟別人產生這麼微妙的感情。以前我跟男人的關係只有兩種，上床跟不上床，不上床的通常都會變成陌生人，這種陌生並不是不認識，而是我不讓他們認識我，我有幾個這種朋友，每次見面都是在演戲，他們對我很好，但我總覺得自己是巧妙地用一根細細的慾望的銀絲線在拉扯著這種朋友關係，我保持著一種變成情人的可能性，是這種可能性讓他們一直留在我身邊，但我自己這麼做卻讓我疲憊不堪。至於上了床的那些，維繫我們的關係的是恐懼，我一定要不斷的離開，背叛，讓他們對我的愛變成一種依賴和困惑，奴役和主宰，充滿了病態的謊言和欺騙，讓我們都成為性的奴隸，愛的囚犯。這一切想來都是惡夢一場，我的愛是一種災難，損傷了別人，毀壞了自己。但阿歷不是這兩種人，他介於這之間，他超越了我的理解和控制，在他面前我不想控制什麼，因為他對我並無所求，我對他也是，就像你跟我的關係，一開始我心存戒心，總認為自己一定要掌控全局才能自保，但事實並非如此，人跟人之間並不是只存在著性關係，還有很多可能性。」

「你一直認為人與人之間只有性關係？」

「很好笑吧！說出來笑掉別人大牙，但是在我的世界裡就是如此，什麼友誼啊！親情啊！倫常啊！道德的，都是狗屁，我所遇到的每個人都敗在性這一關，為了性，什麼醜事都做得出來，我自己也是如此。我現在才知道並不是每個人都這樣，我知道得有點太晚了。」

「還不晚，你才二十六歲，比起我你還有好長的人生。」

「那可不一定，別忘了我之前很多次想自殺，也許以後我還會如此。我從來不認為自己只有二十六歲，活下去對我而言是一種冒險，因為要付出很大的代價。」

「如果你早晚要自殺，那也不必急於一時，反正這麼多年你都熬過來了不是嗎？」

「阿歷的媽媽這幾年來自殺超過十次，他眼看著母親受苦卻苦無對策，他哥哥三年前也因為重度憂鬱症而住院，據說他外婆也是因為當時還不被了解的躁鬱症而自殺的，他說他會這麼專注於研究精神疾病是因為他擔心自己早晚也會如此，他想在還有意識的時候對這些病症有足夠的了解，他想知道自己為何瘋狂，瘋狂後將會如何？這是他最吸引我的地方，在對抗瘋狂這點，他十足是個勇士。」

「你也是個勇士，只有很少數的人願意把自己的心理跟精神層面挖掘出來，而你不但做到了，看來你還不打算就此罷休。」

「是啊！我還要跟我自己繼續纏鬥下去，這比把頭埋在沙子裡過日子來得有趣多了。我現在好像是個解剖師，我解剖的是我的生命。」

「還有記憶。」

「這些事夠我忙得沒時間自殺了。阿歷最近在籌辦一個精神病患的畫展，我可能也會展出幾幅畫，我最近的創作慾望很強，性慾反而消失了，這樣也好，日子簡單多了，也許我真的找到了一個出口，我那無處可去的恐慌、焦慮、混亂、不安，都可以在畫布上宣洩，我所畫出的甚至超越了我所了解的。」

「性慾只是一種表徵，背後代表的可能是更多更大更難以面對的內在的需求，像是自信、安全感、渴望愛與溫暖、孤獨、權力感的喪失等等，只是人們通常都只以性為手段來尋求解決，當真正遭逢性的問題時反而用大吃大喝、拚命工作、花錢購物之類的來逃避，更糟的是，這兩者相互混淆，面目模糊，讓自己盲目屈從在種種慾望之下，做出迫害別人的事，那些強暴犯、性虐待加害者，他們通常會選擇婦女兒童或者老人來施暴，是因為這些對象的力量較弱，而他們可以經由性的手段來贏取已喪失的權力感，藉此自我滿足。」

「我真希望可以知道我爸爸當時為什麼要這麼做，他心裡到底在想些什麼？現在他是否仍記得那些事？」

「你會去問他嗎？」

「可惜我做不到。不知怎地我就是怕，雖然他已經傷害不了我了，但我還是害怕，這是我的另一個盲點。」

「通常我們都無法由加害者口中得知他們的理由，即使有某種原因迫使他們自願或非自願的接受心理治療，也很難讓他們說出真話。」

「難怪我所讀過的書都只能由受害者的角度來分析和理解，我們聽到的一直都是單方面的聲音。」

「這已經是很大的突破了，世人大多不願面對這個殘酷的事實，不止受害者努力遺忘否認，這個世界都在進行集體的遺忘與否認，視而不見、聽而不聞，任由一切埋藏在黑暗深處，假裝世界依舊美好。」

「我相信一定還有許多人像我一樣經歷過各種記憶的方式，可惜否認不會讓事情就此終止，遺忘也無法抹煞曾經發生過的事實，而傷害會不斷的擴大，蔓延到各個層面，還會繼續，甚至加諸到其他無辜的人身上。」

「所以你現在做的事很重要，你證明了你所記得的並非子虛烏有。」

「我還會繼續努力。下次再告訴你我的最新發現。」

「下次見。」

【手記之十一】

妳說我好多了，走到這裡，前面就會有光明了吧！真好真好，我安慰自己。

好完之後，壞就來了，更多更多的，壞。

我看見，彷彿是媽媽的女人，手心攤開向上，將我捧著，高高舉起，朝向天空，她不是，媽媽在哪裡呢？這個人不是媽媽，但我希望她是她就是了，她站在河邊手拿畫筆塗抹著色彩，我在她身後，伸出雙手，用力推她，她倒向急流的河，深深地跌了進去。

沒有，這是沒有發生的事，她好端端的站在河邊，畫著圖，長髮飄飄，飄向我爸爸的懷裡，我忘了告訴你，這個後來成為我小媽的女人就是我的美術班的老師。

老師救我，我想說但是沒有，發生什麼事了呢？爸爸給我報名美術班，我是老師班上最疼愛的學生，國中一年級，美麗的老師，帶我走進畫畫的世界忘卻了痛苦，我渴望著她的愛，然而她真的喜歡我、愛我嗎？

後來我知道了，原來，她愛的人是我爸爸。

接踵而至的事實逼瘋我。

星期六我回家了，跟小媽去看電影，之後還去喝咖啡，逛書店，買衣服，整個下午她都陪著我，我真的很久沒有這麼開心了，回家的路上，在車子裡，沒想到她突然說：「高朗都告訴我了。」

「什麼？」

「你不要怪你爸爸。他是個可憐的男人。」

誰的耳朵裂開了？小白兔從我的耳朵裡跳出來，然後是小熊維尼，然後是小鹿斑比，然後更多，小媽的臉開始扭曲變形，蝴蝶飛起來了，我害怕的事發生，但卻不是我害怕的樣子，她知道了，世界怎麼還是原來的樣子呢？他是個可憐的男人。

我是什麼呢？你不是我媽媽。

媽媽知道會怎麼說呢？

「原諒他吧！他畢竟是你爸爸。」

「也許他只是太愛你，你不知道你跟你死去的媽媽長得有多像。」

她的聲音像洪水流洩出來，停下來，我在心裡大叫，但她不停止，太快了我聽不清楚，你怎麼不生氣呢？不害怕？不後悔？不恐懼？你怎麼還能夠夜夜回到那張床上與他共眠？你怎麼睡得著呢？為什麼你們每個人都睡得著而我卻不能？無數的聲音在我心裡狂叫。我說不出口。

小媽的笑臉開始融化，眼淚落下來，她哭了，哭花了妝，哭濕了臉，暈開的眼線形成黑色的花紋寫著斗大的字，她不是為我哭，也不是為了自己，面孔底下是什麼我看不見，她的眼淚流下來，只為了證明她的同情和我的無情嗎？她說我們現在不是過得很快樂嗎？過去的事就不要再張揚了。

是嗎？世人都是仁慈健忘的，只有我還耿耿於懷。

為什麼會這樣？

「我真不知道你心裡在想些什麼？你到底要什麼？要送你爸爸去坐牢嗎？要毀掉

這個家嗎？妹妹還那麼小需要爸爸。」

她哭號著。

錯了錯了，小女孩最不需要的就是爸爸。

我做了什麼嗎？我所做的只是不斷的、緩慢的殺死自己罷了，我傷害誰了嗎？

「我只是失眠而已。」

我說。微笑著。該死的微笑。

我該哭還是該笑呢？

我該慶幸小媽並沒有因此而離開爸爸，甜蜜的家庭並未破碎，這不是我一直擔心的嗎？為什麼我卻覺得失落呢？彷彿該有些什麼事發生在我們家，在她跟爸爸之間，她應該要表現點什麼，改變些什麼的，但我沒有看見，她所表現出來的是她對我爸爸不變的愛，那我呢？在這彷彿不曾改變的家庭裡我該扮演什麼角色呢？她安慰了我嗎？似乎有，但我卻覺得受傷，覺得被背叛，為什麼呢？究竟她要說些什麼我才不會感覺受傷呢？

破壞吧！大大的破壞，大大的痛苦吧！我竟渴望她們痛苦，渴望這平靜的狀態可以被徹底的破壞，是嗎？這麼多年來使我保持緘默、一再否認、企圖換取的不是全家人的幸福嗎？如今，為何我又希望毀掉這一切呢？

不公平。

真的可以這樣繼續下去嗎？

醫生，告訴我，我是怎麼了？你不是醫生嗎？為什麼不醫好我？

握不住的筆飛快地控訴著，抗議著，我寫下許多許多，然而在她面前我卻默不作聲，任憑她緊握住我的手，要我答應她「好好活下去」。

「回家吧！」

我竟然點了頭。

那不是我。我有那麼多疑問，那麼多不平，那麼多哀戚，我卻給了她可以安心回家的理由。不該如此。

說話啊！大聲說出來。

我依然裝聾作啞。

幾個月的治療，我又回到了起點，而且退縮得更厲害了。

手上最後一張牌已經翻開，我還有什麼籌碼呢？

第十一次會談

她不再微笑了。

脂粉未施的臉上只有木然的表情，那甚至不能稱為是表情，只能說是一個畫面而已，她一反昔日的華麗裝扮，穿上黑色寬大的棉布襯衫，黑色天絲棉牛仔褲，平底黑色夾腳拖鞋，一向都整齊地梳理的頭髮也雜亂地散落兩頰，她像個影子一樣飄進來，沒有表情，沒有色彩，沒有重量。

我看得出來，她累了。

「身體不舒服嗎？」

我輕聲地問她，不知怎地，彷彿我如果用力說話她就會被我的聲音擊碎似的，或許是我看了她的手記，老實說我不只看了，而且看了很多次。

之前我也以為她的情況進展得簡直太順利了，我一方面為她高興，一方面也為自己的做法感到滿意，我真是太大意了。

「不用談了，你開藥給我吃吧！」

她的聲音倒是堅毅有力。

「為什麼想要吃藥了？」

「反正我只是要治療失眠，你開藥，我吃藥，大家都方便省事。」

她撇嘴一笑，兩頰的肌肉抖動得很厲害。

「你不想做心理治療了？」

「我不需要了。」

「為什麼不需要？」

她不回答。

「你不是有很多問題要問我嗎？你都寫了，我看得很仔細。」

還是沒有回答。

「你把你沒辦法問你小媽的事都說給我聽吧！在這裡，你不需要偽裝自己。」

她閉上了眼睛。我想她一定要哭了，眼球在激烈地跳動，她深呼吸，胸口起伏著。

我等著她哭出來。

時間一分一秒過去，她還是忍住了淚。

「不要放棄，事情沒有像你想得那麼糟。」

我說話了。總不能一直都不開口吧！

「你幫不了我的。給我藥就好了。」

她終於開口說話，看著我的時候，眼神裡透露出深沉的悲哀。

「我要聽你說話，說出來，你一定要說出來。」

我不自覺提高了聲音，我急了，不該心急，但我卻心急如焚。

「我沒說嗎？」

她看了我一眼，接著又說：「我說了又說，什麼都說了，寫了一頁又一頁，說了一次又一次，但是，只有你聽見，只有你看見，在這裡我可以說，回去之後呢？我還不是一樣，世界還不是一樣，改變什麼了嗎？沒有，都一樣。」

「這就是我們一直在談的啊！我不是要你對我告白，這裡也不是讓你吐苦水的地方，我們花了這麼多時間在挖掘你的回憶，為的就是讓你能找到面對的方法，你確實進步了，只是一下子亂掉而已。」

「真的嗎？」

她的聲音柔軟而無助，小小的臉孔竟布滿了細細的皺紋。

「真的嗎？」

她又問我。

我竟一時語塞。

打起精神，我伸手敲敲自己的腦袋，趁機化解自己的尷尬。

「糟糕，醫生一時被你考倒了，可不可以從頭說一次啊！」

她輕聲地笑了，有時候適當的示弱是有幫助的，如果一直順著她的情緒走，我免不了會意氣用事。

「我的心好亂，太突然了，我根本沒想過小媽會知道，都怪高朗。」

「他沒有事先跟你商量嗎？」

「根本沒有。」她大聲地說，「其實也可以說有啦！以前他有時候會說起應該告訴小媽，因為他一個人幫不了我，可是我警告他，不許說，說了也沒幫助，只會給我惹麻煩，誰知道他不知道怎麼了，竟然說了出來。」

「事後你問過他嗎？」

「當然，我馬上就打電話給他了，他說是因為有親戚看見我來醫院大驚小怪的去告訴小媽，小媽很緊張的去找他問，而我這陣子又都不跟他見面，他很擔心，才說溜嘴的。」

「你覺得是這樣嗎？」

「有可能吧！不過主要原因我想是因為他很氣我爸爸，人真的很奇怪，以前他跟我爸爸相處得很好，自從他知道我的事之後他一直都很瞧不起我爸，去年高朗的太太鬧到我家去之後，他們兩個就水火不容了，簡直可以說是仇人相向分外眼紅，而且，我甚至覺得他們兩個，就像情敵。」

她說到「情敵」這兩個字的時候，臉似乎稍微紅了一下。

「情敵？你怎麼會這麼想？」

「這只是我自己的感覺。雖然事情鬧開了，可是大家還是有見面的機會，我覺得爸爸反對我跟高朗來往的態度很詭異，除了因為他有老婆之外，還有某種我說不上來的敵意，這種敵意不只是針對他，而是針對每個我帶回家的男孩子，以前高中時候的男孩子朋友也是這樣，上次阿歷送我回家也是，反正是男人他都看不順眼。至於高朗，他對我爸爸的態度就是一副監視的樣子，他老說我爸爸看我的眼神怪怪的，每次我在家裡要是穿得比較性感一點，他們兩個的表情就是恨不得拿塊布把我包起來，深怕對方多看我一眼，你說，像不像情敵？」

「那你小媽呢？她對你真如妳所說的那麼慈愛嗎？」

這個問題我早就想問了。

「我現在不確定了。仔細回想，他們剛結婚的時候我真得很難受，那種情緒很複雜，因為一開始我只當她是我的老師，她對我很好，常來我們家，爸爸也常到美術班接我，有時候會三個人一起去吃飯，突然有一天他們說要結婚了，我不知道該怎麼辦？我應該高興吧！可是心裡就是怪怪的，有種被騙的感覺。後來小媽真的是對我很好，可是，好像有一種什麼東西隔著，老實說，我老是覺得她對我的態度，太刻意了，她想取代什麼，得到一種地位吧！還有就是她一直覺得我長得跟媽媽太像了，而且是越大越像，也許是我的長相給她一種威脅感吧！其實她比我漂亮多了，可是她總說我爸爸不喜歡她那種長相，後來她知道我跟高朗和高鳴都發生關係之後，這種感覺就更強烈了，我一直都沒多想，上次她對我說那些話的時候我才察覺，也許她早就知道什麼了，某種程度上來說她也是把我當情敵吧！有時候她會開玩笑的說『男人碰到妳就頭腦不清楚了，尤其是我身邊的男人。』我以為她說的是她的兩個堂兄弟，現在我想，還包括我爸爸吧！或許她覺得是我勾引他的吧！這就是讓我受傷的地方。我一直想保護她和小妹，沒想到她卻一直提防我。」

「或許你自己也對她抱持著極端的想法，你是不是也對她有過高的期望和要求呢？她的反應使你受傷會不會是因為你一直認為她應該有怎樣的反應，而她卻沒有呢？」

「你知道所謂性的張力嗎？我們家就是充斥著這樣的張力，連水龍頭流出來的自來水都充滿淫水的氣味，呼吸的時候彷彿都會被陰毛刺激得打了噴嚏，生活在這張力底下的我們，每一個人都不成人形。」

「你好像沒有回答我的問題吧？你所謂的性張力這種看法或許是因為你自己內在的恐懼，因為有一雙無形的眼睛一直凝視著你，但其他人未必感受到那雙眼睛了，比如妳小妹呢？你認為她會在早餐的牛奶裡聞到什麼特別的氣味嗎？」

「她比我幸福多了，因為她少一根筋。」

「她看來是不成人形的嗎？」

「謝天謝地，她沒有，她看起來就像個營養太好的普通青少女，喜歡打電腦，游泳，讀金庸小說看日本偶像劇，老實說，她甚至比我還高還壯，她很安全，似乎也很快樂。」

「但你還是一直都很擔心她？」

「我不知道，其實也許我從沒有了解過她，也許她並沒有我想像中安全和快樂，也許在她們眼中我看來也是安全和快樂的，但我想我很忌妒她，就像我忌妒我小媽，她們簡直幸福得不可思議。」

「有時候妳會不會認為是因為自己的犧牲才成就了她們的幸福？」

「現在我不敢肯定了，以前我一直認為自己要好好保護這個幸福的家，即使我知道那只是個假象，我不想破壞它，但我也憎恨這種幸福。」

「你用『憎恨』這個字眼？」

「因為我不屬於那張幸福的全家照，我屬於掛在我房間裡的黑白遺照，媽媽一死，我也死了一半。」

「但另一半的你企求著幸福？」

「我企求著由那一半生出一個全新的自己，融入那個家庭，至少不讓它毀掉，維持那個我以為的假想讓我有希望。」

「你的希望似乎應該建立在以你自己為前提的基礎上吧，如果你能從這個角度來看待你的家庭，或許不會那麼害怕幻滅。」

「你的意思是說，無論那個家庭的背後有什麼事發生都不會影響到我嗎？」

「我的意思是，無論發生什麼事，責任都不在你，你唯一需要負的責任是你自己。」

「這樣不是太自私了嗎？」

「你害怕的不是自私吧？」

「那是什麼呢？我的心太軟，總是先想到別人。」

「事實上你一直活在只有你自己一個人的世界裡不是嗎？這不是自不自私，善不善良的問題，有許多自以為一直在為別人著想的人，心態上是很傲慢和自憐的，而且比任何人都需要回饋，你是這種人嗎？」

「我不知道，我的想法很矛盾，家庭對我而言是太沉重的包袱，但我又是那麼迫切的需要它，弄到後來我卻只能逃走，也逃不乾淨，它老是在背後緊跟著我。」

「也許，犧牲對你來說是愛的具體表現吧！你一直以為自己是個犧牲者，你太沉迷在犧牲自己保護別人這個觀念裡了，你以為這樣做才能得到愛，你以為稍微為自己想就會遭致可怕的下場，你從小就是這麼做的。沒想到事實卻不是如此。」

「是啊！我以為自己舉足輕重，是維繫全家幸與不幸的關鍵呢？沒想到她們為了維繫家庭的圓滿可以不惜將我犧牲掉。」

「這才是你真正不平的原因吧！」

「我只是覺得自己好傻，世界沒有我在支撐也不會倒塌，但我卻為了支撐什麼而把自己弄得好累好累。」

「所以，你應該把你的感受說出來的，至少，當你覺得不平、疑惑、痛苦的時候，當你看著你小媽心裡有一大堆為什麼要問的時候，你應該試著說的。」

「但我真的說不出口，聲音在我心裡咚咚咚響得好大聲，但是到了嘴邊就安靜了，只覺得臉頰好痛，身體都僵硬了。我告訴自己，算了，沒用的，我只要能睡覺就好了，不管他們，不管世界上任何一個人，躲起來。」

「結果呢？」

「結果你看到啦！如果你真的開藥給我吃，我一定會自殺的。」

「我不可能會開那麼多藥給你的。」

「其實我已經偷偷去買藥了，說沒有吃藥是騙你的，我已經存了很多很多的藥了，只是還沒有勇氣全部吃下去。」

「如果你真的需要吃藥，為什麼不讓我開藥給你呢？」

「也許是不想吃你開的藥自殺吧，這樣做好像有點對不起你。有時候我會說謊，吃藥這件事我說了謊，也許其他事我也說謊了，我不知道自己怎麼搞的。」

「說謊的事就算了，問題是你一直都沒有排除想自殺的念頭，甚至連這念頭都不願讓我知道，難道你甘心就這樣悄悄的死掉嗎？」

「清醒的時候我不想死，一點都不想，而且我好希望可以好好的，快樂的活下去，但是，我必須要為自己保留最後一條路，如果沒辦法了，撐不下去，我想要結束這無邊的苦痛，只有自殺一條路可走，最怕的就是怕死不成，弄得半死不活的更糟，而且，我也怕你會罵我。」

「為什麼？都想自殺了，還在乎醫生的想法嗎？」

「不知道，其實我蠻在意你的想法的。」

「你知道為什麼嗎？」

「因為你很關心我啊！而且你最了解我的想法。」

「我不一定最了解你，也不算是最關心你的人，一定還有別的原因吧！」

「或許是，你，還有這裡，我們交談的過程，我寫給你看的東西，這一切對我而言代表的是我奮鬥的歷程吧！真的，我從不知道自己可以為自己做這麼多努力，我不想一下子就毀掉，所以，不管我多麼不想來，我還是會來，不管多麼難受，還是會一個字一個字寫出來，明明很想撕掉，最後還是會寄給你看，很奇怪啊！我會不會是愛上你了啊？」

「轉得太快了吧！一下子就談到愛不愛的，該不會只是為了愛吧？」

「你讓我想要愛自己，這才是原因。」

「終於說到重點了，這可不是吃藥就能達到的。」

「可是有時候真的很難受，心都快裂開了，腦子一亂，耳朵就聽不見了，那時候就會好怕好怕，世界都是黑暗的，而我只有自己一個人，又黑又冷，而且沒有穿衣服。」

「沒有穿衣服又怎樣？」

「什麼怎樣？」

「想想看啊！」

「在這裡我什麼都不怕，可是出去之後我什麼都怕，沒穿衣服只是一種比喻而已，至於要比喻的是什麼我也不清楚，我並不是真的怕裸體，看我以前的打扮就知道了。但是那種刻意的性感和暴露，反而透露出我缺乏安全感和自信不是嗎？我這個人真是非常兩極化，以前的我的穿著是過度的幼稚和保守，將自己緊緊的包著，二十歲之前還穿著印有卡通圖案的圓領衫，總是到童裝部買最大號的衣褲來穿，常被同學笑我長不大，可是跟高朗在一起之後，我一下子就變了，穿著性感大膽得不得了，跟其他學生比較起來甚至有點老氣吧！大學生很少人這樣打扮，大家都是襯衫牛仔褲，只有我濃妝豔抹像個妖精似的，說真的，現在我都不知道該穿什麼衣服了，不知道自己究竟是幾歲，什麼身分，也許不再害怕自己的身體，但我也不知道該怎麼跟她相處。」

「試著跟你的身體對話啊！試著去了解她的需要、她的感受，知道自己的身體是很重要的，否則你永遠是用別人的角度和眼光來看待自己，以前是害怕吸引男人的目光，怕身體流露出性象徵，後來卻變成完全從性的角度去看，以為只有吸引別人，引起別人的性慾才算有魅力，這個過程裡，你自己消失了，沒有所謂自我的看法，也不知道自己的需求，逐漸也扭曲了看待別人的方式，現在你自己的聲音慢慢出來了，雖然很模糊，聽不真切，使你失去信心，無所適從，但是這個過程很重要。過程，你不覺得你缺乏的就是過程嗎？你一直在小女孩跟性感女人這兩個身分裡徘徊，小女孩應該要慢慢長成少女、青少女、成年人，然後才蛻變成一個女人，因為你父親的作為使你略過其中的過程直接成為一個性對象，然而你並沒有真正成長啊！也許外表有，但內心卻迷失了，一直都不知道自己到底該是什麼樣子，只覺得自己跟其他同年齡的女孩子不同，這種被徹底遺棄、隔離、孤立、無法融入社會的感覺才是最難以承受的。」

「我一直都認為自己終將獨自在這個世界上飄流浪蕩，無論我跟別人多麼親近，始終無法使我安定，因為我沒有地方著陸。因為這世界並沒有我的位置。」

「其實在每個人的內心世界裡，自己都是一座孤島。」

「你也有過這種感覺嗎？」

「當然啊！所以我才會來做這種工作，為了了解其他人的孤島上是不是有比我更多的椰子樹啊！」

「不過我的島上可只有蜥蜴和仙人掌，還有兩座活火山，火山一爆發，我的耳朵就聽不見。」

她開心地笑了，真的，她笑起來的聲音非常清脆，即使穿著這樣一身不起眼的黑色衣褲，她笑起來這房間都風景都不一樣了，有人生來就是適合笑的，然而這樣的人卻往往有著更多哭的理由。

【或許將會寄出的信件】

「叫父親太沉重」，有一本書的書名是這樣，內容我沒看過，不過非常適合用來做為寫給你的第一句話，爸爸，我的父親，這是一封你不會讀到的信，我會將它寄給我的精神科醫生，我用來練習跟你對話。

「為什麼呢？」

如果有一天我有勇氣面對你，這是我要問的第一句話。

你會回答我嗎？還是；你會別過頭不看我呢？

我一直都不恨你，我從來也沒有恨過任何人，你恨誰嗎？

你永遠都不會明白你對我造成了多麼深的傷害，那甚至已經無法稱為傷害，而是一種類似改造或者毀壞的儀式了，你眼前所看見的這個女兒，透過你的慾望所捏塑出來的假象，再加上多年來我為了躲避痛苦而刻意的改造，所謂的自我這個概念已經被毀壞得無法辨識了，但即使我早已失去自我感，甚至無數次瀕臨崩潰，你還是可以很清晰的看見我，因為你總是只以你自己想要的角度來觀看我。

當你心目中聰明乖巧的好女兒突然變成了人們口中的妖精、淫婦、壞女人的時候，當這個轉眼變得邪惡的女兒有一天突然因為服藥過量而讓你必須到急診室去探望，接著又得到精神科去把她領回來時，你察覺了什麼嗎？應該有吧！但是你什麼都沒說。你不曾想過「我的孩子究竟出了什麼問題」嗎？

你認為自己必須要為此負起任何責任嗎？

有嗎？或許吧！我不知道，我所看到的只是你不斷的在我的面前親暱地疼愛我的小妹，你不知道那樣的舉動多麼使我驚慌嗎？這世上永遠有那麼多天真無邪的小女孩。

不該去碰小女孩的身體，有人告訴過你嗎？

我有許多話想對你說，但漸漸模糊了，因為我逐漸變成一個無法了解自己的女人，我說了許多話，但總是不成句子，我常常痛恨自己的無能為力，張開嘴巴，發出的卻是別人的聲音。那時到底發生了什麼事呢？我的記憶是破碎不全的，那你呢？你都記得些什麼？

你是愛我的吧！我一直這樣想，然而這想法並不能改變什麼，或許可以使我稍微感覺幸福一點吧，但是我想要的並不是這樣的幸福，我想要什麼呢？你知道嗎？我自己並不知道。

夜裡，你睡得著嗎？在那許多被你驚醒的夜晚之後，我已經習慣不在夜裡入睡，無數個你以為我正在熬夜通宵念書的黑夜，其實我什麼書都沒念，只是躲在棉被裡發呆，我會在浴室裡一次一次洗刷自己的身體直到發疼，直到紅腫，我甚至會企圖在浴缸裡將自己淹死，但總是失敗，這些你都不知道吧！

我不是媽媽，不是你的妻子，不是你的情人，甚至，我那時還不算是女人，只是一個小女孩，你不知道嗎？你所對我要求的都不是我該做的，你甚至不該將那些要求說出口，你不該利用我的天真與無知，不該利用我對你的愛與關懷，將我引入了你的慾望之中，你不該。直到我成年之後我才明白，當一個男人的性慾興起的時候並非如你所說的那樣令人致死，也許忍下來會讓人痛苦，但是相信我，忍不下來，連哄帶騙，恩威並施，或許順遂了慾望，但一夕之間你就成了惡魔。

惡魔？或許人們會說我不該這麼形容自己的爸爸，但我找不出更好的形容，身為惡魔的女兒，我並沒有比你高明到哪裡，我也習慣了降服在慾望底下，任其擺布，糟蹋別人，損耗自己，我深信一切都無關對錯，與道德無涉，我深信我想要的就是對的，我深信只有在性的面前我才有存在的意義。

「父女亂倫」，我一直是這樣定義當年發生在我身上的事，我以為自己只是一個有戀父情結的女孩，我以為只要能夠合理化當初我所遭遇的我就能快樂健康起來，所以我將之解釋成是一種逾越禮法的愛，你是因為愛我而我也是因為愛你才會如此，就像我後來果然不斷地愛上年紀足以當我父親的許多已婚男人，我渴望在那被世人視為破壞別人家庭、敗壞道德的情慾關係裡找到解脫，我以為只要能證明我確實是喜歡「亂倫的愛」，我是自願且自主地選擇這些關係，我便能從那無法解釋的惡夢中醒來。

是嗎？現在我知道，這兩者是不同的，無論我曾經跟多少年紀足以當我的父親的男人交往，無論我是多麼熱中於追求那近似亂倫的愛，畢竟，那真的都是我自願的，當他們脫下我衣服的時候，我都有機會說不，我都可以馬上轉身就走，我既沒有被誰從睡夢中驚醒，也不曾因為害怕什麼人因我而死去，更不是為了害怕因此而被遺棄，更重要的是，我是在已經長成一個足以養活自己，懂得如何保護自己不被傷害的成年女子才做了那些選擇，小時候我一直以為那是我自己選擇的，然而其實你也清楚，那時的我並沒有其他的選擇。這一切並不能解釋你的作為，也無法幫你脫罪。我必須告訴你，你確實做錯了，你確實傷害了那個尚未懂事的小女孩，你是以一個成年男子的身分侵犯了一個無法求援的小女孩，不要口口聲聲說愛我，這一切與愛何干？

這看似簡單的道理，我卻花了好長的時間才逐漸明瞭，我才知道，我一直以為是在挽救自己，我種種悖離常情的作為都是自我療傷的手段，其實，那卻是在一點一點謀殺自己。

無數次我告訴自己，那不是真的，請告訴我那不是真的，我等待著你會親口對我說出這句話，只要你對我說，那不是真的，我就會相信，我會答應你不再提起，我就可以安心的睡去。睡吧！太陽告訴我，鳥兒依舊歌唱，為何只有我獨自憂傷。

太陽說：張開嘴，吞下去，嚥下整個世界的憂傷，你就會快樂起來了。

那麼，你快樂嗎？吞嚥下整個家族的祕密，消化了所有不堪的記憶，我們果真如我們所想像的那麼相愛那麼無邪嗎？那麼惱人的愛，那麼多以愛之名而行的醜惡，果真都能披著愛的糖衣使之可口甜美容易入口嗎？

如果你也曾如我一般在黑暗中輾轉反側不能成眠，也曾無數次害怕在鏡中看見的自己的臉孔，害怕在睡夢中尖叫出聲驚醒了身邊的人而無法與別人共眠，那麼，我原諒你，如果我可以原諒自己的話。

到底寫這封信要做什麼呢？我一次又一次到醫院裡跟醫生談的又是什麼呢？我只知道這對我來說很重要，如果我有權利為自己做某些事的話我想要做的就是這些，不斷的訴說，不斷的書寫，不斷的回憶，不斷的不斷的將自己投身進入那無望的童年，拯救那個沒有人願意面對的小女孩，讓她能夠面對其實不存在又無處不在的你，我的父親。

那是真的，千真萬確發生過的事，就算你告訴我一萬次，沒有沒有，我還是會相信我自己。這就是我現在正在努力的事。也是我為自己做過最重要的事。

不要讓我在還未寄出這封信之前死去！不要讓我失去了可以跟你對質的機會。

所以，或許我不寄出這信是因為我還想要活下去。

很混亂吧！我的內在，比你所能想像的更加破碎，而你的內在，也比我所能想像的更加黑暗。

爸爸，好不好，跟我一起來面對那黑暗和破碎吧！不要把眼睛閉起來。

看著我。聽我說話。

第十二次會談

十月了，早晚都涼，每年這個時候我總是特別容易疲勞。

亭亭星期一寄來的信件裡並沒有她的手記，反而是一封給她父親的信，她寫了一張便條：「這是一封我還沒有辦法寄出去的信，希望你先看看。」

這是第一次她對父親提出質疑，試圖尋求對話，雖然她並未寄出，看來也沒有寄出的打算，但不可小看這樣的舉動，之前她從未提及，甚至只要談到她爸爸，她總是巧妙地避開了。「你的收件人好像寫錯了嘛？」

「也許我會真的寄給他，我只是想先給你看看，你覺得寫得怎樣？」

「我可不是作文老師，你想要我的評語嗎？」

「你明知道我不是這個意思，我就是沒有勇氣寄出去才給你看的，你不是說寫什麼都可以嗎？我可是鼓足了勇氣才寫出來的。」

「你這封信到底是要寫給誰的，為什麼寫？你要說什麼呢？」

「你這不是廢話嗎？」

「回答我。」

「當然是我爸爸，當然是因為沒辦法當面談才要用寫的，這不是你教我的嗎？你不是說用寫的也是表達的一種方式嗎？就算我沒有真的寄出去，至少我有能力寫出來了啊！為什麼你這麼不高興？我做錯什麼了嗎？」

「你怎麼會以為我不高興呢？你寫了這樣一封信，表示你已經願意去處理你跟你爸爸的關係，而且正在努力思考了，這是很大的轉變，怎麼會是做錯事呢？」

「可是你的表情很怪，今天你特別客氣，有點冷淡，我說不上來，反正就是有點怪怪的，有點兇，有點失望。」

「沒有那麼多有點什麼，只是早上起床時著涼罷了，你真的太敏感太會察言觀色了，來這裡可不是來看我的臉色過日子的，你根本不必顧慮我的想法，也不用擔心我會責怪你，難道你寫這封信是為了討好我嗎？為了向我證明你進步神速？」

「當然不是。」

「如果不是，那麼只要說說你為什麼寫信，是在什麼狀況之下動筆的，你希望怎麼做，還有寫完信之後的想法，說你自己真正的想法就可以，好嗎？」

「也許我真的想進步吧！好奇怪，上次談過之後，我心裡就忐忑不安，我一直在幻想一個畫面，幻想小媽會去質問我爸爸，然後爸爸會來找我，問我說：『為什麼說謊？』我很害怕，我怕我會承受不了那種場面，甚至，只要想到我爸爸可能會知道我把事情說出來了，而且有很多人都知道了，他會是什麼表情呢？他會對我說什麼？我又該怎麼回答呢？我就好慌亂，我告訴阿歷，要他裝作是我爸爸，當他對我說：『為什麼說出來？』我就哭了，好可怕，即使我知道他根本不是我爸爸。」

「你怕的到底是什麼？你認為他會對你怎樣呢？」

「我不知道，我不知道。」

「或許他比你更害怕，或許他跟你害怕的是同樣的問題，『為什麼？』有許多為什麼不是嗎？或許他根本不敢正眼看你，不敢面對你，就像你不敢看他一樣。」

「我想他會很難過，如果小媽真的問他，他會很難堪的。」

「或許你小媽根本不會去問。」

「我知道她不會，她不敢，只要說出來就完了。」

「什麼東西完了？你希望她問嗎？」

「我希望她問嗎？這是個好問題？阿歷也這樣問過我，我無法回答，我希望什麼不希望什麼，我自己弄不清楚。也許是我會完了。我大概會死。」

「為什麼你會死？」

「反正我就是害怕。純粹的害怕，沒有原因。」

「你這樣回答太敷衍了。」

「你好嚴格，好殘酷啊！明知道我還沒辦法的卻一直逼我，我可能會發瘋你不怕嗎？如果我打開窗子突然跳出去呢？」

「沒關係，這裡是一樓。」

她突然大笑，我自己也笑了。

「早知道這樣可以讓你開懷大笑，我可以從窗子裡跳出去三次，四次也可以。」

「到時候你門診的病人就會減少很多了。」

「也好，那時候我才有更多的精力來對付你這個難纏的病人。」

我以為她會再一次大笑，沒想到她卻沉默了，有時候自以為是的幽默也是行不通。

「怎麼了？因為我說你難纏嗎？我其實並沒有批評你的意思。」

「不是，我知道我自己難纏，只是，想起我只是你的病人這點，我就會難過。」

「為什麼？難道你真的希望我們是別種關係嗎？」

「我不是這個意思，我只是難過自己的無能為力，就像我寫的那封信，我應該寄給我爸爸看我卻把它寄給你了，因為你是我的醫生而我是你的病人，但是，走出這裡，我才真的需要去面對我的人生啊！可是我卻失去了勇氣，說不出話，發不出聲音，像個鴕鳥把頭埋在沙子裡以為可以安全地躲一輩子。」

「其實你並非如自己想像的那樣全然地沉默，你已經發出了聲音，只是傳得不夠遠。」

「而且沒有傳到應該聽到的人耳朵裡。」她停了一下，接著說：「我們很像在說相聲吧！一搭一唱的，默契這麼好快要可以出國比賽了。」

「我並不是在說笑話，也許你自己察覺不到，但是，所謂的改變其實就像具有感染力的雲，會一點一點的擴散出去，在你身旁的人都會慢慢感受到，你發出了聲音，提出疑問，就像丟出一顆小石頭進入無邊的大海，遠遠地，會出現一圈一圈的漣漪，細小但是確實存在，重點是你自己是否能夠堅強而持續地散發力量，直到力量強大到令人無法漠視，你寫的這封信就是一顆小石頭，但你有一天可以丟出更大的石頭。」

「然後把討厭的人砸死嗎？」

「當然可以啦！不過如果可以用來把包裹在你耳朵外面讓你聽不見的薄膜敲破那就更好了。」

「我好像有一點明白了，雖然你今天說的話實在很抽象，不過，你抽象的時候比較可愛，就像一個虛弱的過氣老詩人，等你退休之後可以考慮寫一點詩搞不好會出名。」

「那時候可能需要你幫我的詩集配插圖，封面上可以題字『殘酷的詩，獻給悲傷的小女孩』。」

「我想你可以直接拿我寄給你的手記來出版，到時候只要寄一本給我爸爸就大功告成了。」

「很高興我們終於回到主題上了，今天要談的是你跟你爸爸的關係是吧！關於你爸爸，你有什麼想說的嗎？」

「我有什麼想說的嗎？我也不知道，我想說的都寫在那封信裡了。」

「你相信自己所寫的確實是你真正的想法嗎？」

「當然，我很清楚，我從來沒有這麼清楚過。」

「所以呢？你卻把信寄給了我，因為你只有在我面前才能把自己的話說出來？即使你真正想說的對象並不是我？只因為我是你的醫生，或者說，因為我不是你的家人，我不是你爸爸？」

「不是的，不是這樣，我只是還沒有準備好，我想先跟你討論，我也把這封信給阿歷看了，等我更勇敢了，我，我一定會，我可能會把它寄出去的。」

她結巴了，額頭上沁出細細的汗珠，無助的雙眼望著我，等待我的鼓勵。

「你要記得，我並不是在逼你或者是在暗示你應該要做什麼，我只是希望你更深入自己內心，尤其是恐懼的部分，許多時候你所恐懼的事物，你所害怕可能會傷害你使你難堪，那些無法預測又不能承擔的，其實或許並非如此，至少在你這部分來說，已經跨越了那些最混亂模糊曖昧的地方，重新審視了你所經歷的事，也逐漸找出自己的盲點，甚至還勘破了你一直無法自拔的『戀父情結』，洞悉了你這幾年來混亂的情慾關係的根源，這已經是非常可觀而重要的進步了。事實上我並不認為現在是你跟你父親對質的恰當時機，如果一味為了想證明自己已經夠勇敢夠清楚就貿然地去找你父親對質，或許會使你受到措手不及的傷害也說不定，我比較在乎的是你有沒有辦法漸漸地學習面對當你決定要跟某個人表白什麼，而必須要承擔的結果，無論那個結果是否如你所想像的那麼可怕。明白你所恐懼的究竟是什麼。」

「我懂你的意思，這也是我現在正在努力的，我還以為你會像其他人那樣對我，只會一直要求我說出來，也不管我會不會因此受到傷害。」

「其他人是誰啊？他們怎麼對待你呢？」

「我說過了啊！像高朗高鳴還有其他的男人啊！只要是知道我的事的人，都一副馬上就要去跟我爸爸拚命的樣子，常常都責怪我姑息養奸，我為什麼沒有把信給他們看就是怕他們會把信寄到我家去，無論我怎麼跟他們解釋都沒用，我不信任他們，他們那種自以為是的正義感會把我逼到無路可退。」

「可是你給阿歷看了啊！」

「他不一樣，他不會逼我，也不會教導我應該怎麼做，他只是在一旁看著我而已，我知道他不會介入這整件事，就像你一樣，你一直都希望我自己想出來該怎麼做不是嗎？我現在最需要的就是這樣，讓我自己想清楚，自己摸索。」

「這麼說來你好像找到一個比較理想的對象了嘛！」

「不是對象，是夥伴，我如果是帶著找對象的心態，那一下子就會昏頭了，然後又因為愛不愛的問題把關係弄得很複雜，到時候我們之間就只剩下愛跟性了，還不是重蹈覆轍，我可不想這樣，現在不是談戀愛的時候。」

「這樣也好，冷靜一段時間，藉此好好思考自己到底想要什麼樣的情感關係，對你有幫助的。」

「我知道，這是我現在想要的。」

【手記之十二】

「不要再見面了吧！」

「為什麼呢？」

「只是不想見面而已。」

「你又有其他男人了？」

「不是這個原因。」

「見面說清楚吧！」

「見面只會上床而已，說不清楚的。」

「我不能這樣不明不白跟你分手。」

「但你可以不明不白的跟我在一起。」

「你到底怎麼了？」

「我只想一個人靜一靜。」

「你難道不知道我愛你嗎？」

「我不知道。」

「為你，我放棄了那麼多？」

「那就不要再為我放棄什麼了。」

「不要再見面你會比較快樂嗎？」

「我不知道，但至少我會比較輕鬆。讓我一個人吧！我從來不知道只有我自己一個人的時候我該怎麼活。」

「你想通之後可以告訴我嗎？」

「到時候你會知道的。」

嘟嘟嘟嘟……

再見。

情人們，轉眼間，他們對我都不再有意義了，多麼奇怪，斷絕了跟他們的來往之後，那種焦躁無助經常使我坐立不安，我以為是性慾的情緒，卻在我完全沒有性關係之後逐漸離開了我的身體，過去我所迷戀的激情、危險、背叛、誘惑、罪惡，我一向賴以維生的性愛，原來失去了也不會致我於死，當然也不會致他們於死，原來，我們一直都誇大了愛與性的能力，也藐視了自己的生存意志。

我並不是頓悟，只是看法不同了，好驚訝從前我有那麼多精力周旋在幾個男人之間，花樣百出的使出渾身解數想要媚惑他們使他們瘋狂，現在我卻覺得無味，那些曾經使我意亂情迷的男子現在看來只是乏味虛弱被現實壓得喘不過氣，渴望由年輕的我身上尋覓一些浪漫幻象的中年男人，他們正如我父親，真的是老了，我心目中那個可能隨時會化身為惡魔的英雄般的慈愛又可怖的父親，終究也成了一個有高血壓、氣喘、禿頭、小腹便便，面臨退休的壓力，幾乎必須戴起老花眼鏡才能讀報的老人。

神奇的魅力與恐懼隨著那神祕光圈的消失而瓦解了，他們都老了，而我竟回到了小女孩的時刻。不過是兩個多月的時間。

看著鏡中的人，我幾乎不曾認識的自己，這就是我了，埋藏在這張面孔之下的我，多年來被我藏得深之又深以至於面目全非的我，終於，開始要跟我對質了，我將要看見什麼樣的自己呢？卸下我沉重的創傷的記憶，我不再有藉口躲在我的病症之後，我所要面臨的終究是每個人都要面對的存在的意義，我是什麼？我將往哪裡去？我記得與我遺忘，我感受與我壓抑，我追求與我拋卻的，這一體兩面互為因果的，終於回到了我這裡，是的，我在這裡不在那裡，我在現在不在過去，答案，我仍在苦苦追問。

讓我從頭說起，我所說的不再是我的歷史，不是淹沒已久而重新出土的故事，而是我張開我的眼睛、我的雙唇，提起我的畫筆，翻開我的筆記簿，以我現在的身分與認知，重新回顧我的一生，這回顧並非探究事實，發現真相，而是彌補我失去的空白歲月。

國三的時候，爸爸娶了小媽，我記得在他們的婚禮上第一次看見高朗和高鳴的情景，他們兩兄弟在兩邊牽著我的手，帶我去看新娘，那是個很簡單的婚禮，卻使我猶如置身天堂，因為我知道自己再也不是孤單一個人了，我真的這樣想；小媽和她的家人都是那麼親切，而爸爸很快樂，我想快樂的爸爸不會再來吵醒我了，我和他之間的祕密就要隨著婚禮的音樂永遠地被埋藏起來了，他們這樣牽著我，彷彿要領我走向新的人生，我一直記著他們的樣子，心想，長大後我一定要嫁給這樣的人，我會幸福的。

或許從那時候起，我就開始尋找一種理想中的愛情吧！我深信愛情可以拯救我，就像愛情拯救了我爸爸一樣。

可惜，我得到的一直都是扭曲不完整的愛，因為我自己也是個扭曲殘缺的人。埋藏了我的祕密之後，我的身體開始出現問題，失眠、恐慌、抽筋、麻痺、不斷的夢魘，有一段時間吞嚥困難，當時我並不知道為什麼？只覺得活著好痛苦，這樣的情況到我上高中搬到宿舍後稍微減輕了，那時我也像一般女孩子跟同年齡的男孩談起戀愛，我總穿著純白的衣衫，甜甜的微笑著，我只讓男孩牽我的手，再多就不行了，他們想要吻我的時候，我美麗的眼睛會流出動人的淚水，「我怕！」我搖搖頭嬌柔地說，人們都說我太純潔，他們談起關於性的笑話我總是聽不懂，「我會耐心等你長大」愛我的男孩這麼說。但他們等不了那麼久，他們轉頭就愛上了更大膽熱情的女孩，我不在意，我在等待我自己長大。

我用夢幻編織成甜美的網緊緊包住自己，我仍在等待那可以拯救我的王子來吻我，讓我從睡夢中醒來。

然後高朗來了。一個不年輕不自由也稱不上是王子的，幾乎是看著我長大的男人為我揭開性的祕密，給我前所未有的信任與親密感，然後打開了我記憶的黑盒子，改變了我對自己的認知。從此，我不再是那個故作純潔的女孩，我成為許多男人的情婦，也成了一個只用身體生活的女人。

我真的懂得性愛的美好嗎？或許我曾經擁有短暫的快樂，但那樣的快樂卻使我日益空洞，因為我總是不知不覺成為性的奴隸，我用我成熟的女性的身體去經歷我內心隱藏的小女孩最恐懼的行為，我以為這是救贖，卻無意間讓自己更加分裂，無可挽救。

以後呢？我能夠真正活出我自己嗎？尋獲了我遺忘的記憶，承認我所最不願承認的事實，之後，我該何去何從呢？

第十三次會談

「這星期過得如何？」

「感覺像在地下道裡游泳一樣。」

「怎麼說？」

「又冷又濕又黑暗，但我還是拚命的往前游，雖然途中好幾次都累得想放棄，手腳也痠疼得快斷掉了，可是我隱約看見前方有一點點光亮，知道出口在那裡，即使根本不知道還有多遠，也不確定自己真的到得了那裡，但是，至少我知道方向在什麼地方了。」

她瞇著眼睛說這些話，然後睜開眼直視前方，此刻的她，穿著黑色絲質襯衫，咖啡色麂皮背心上繡著大大小小的圖騰，敞開兩顆釦子的胸前垂掛著以皮繩串著黑白相間的不規則形墜飾，頭髮整個用髮雕潤濕梳順到耳後髮尾微微翹起，黑色絨料長褲，高統靴，散發出她自己或許還不知道的自信而從容的魅力。不久前她還茫然地告訴我自己都不知道該穿什麼了，不知道自己該說什麼話，不知道自己究竟幾歲，到底是大人還是小女孩？幾個月下來看過她彷彿服裝表演似地不重複地做過那麼多種打扮，彷彿也藉此一一展演了她內心隱蔽而複雜的肌理，呈現了她多種不同的面貌，但我一直深信她終於會找到自己的樣子，或許那不會是固定不變的某一種，但也不會再使她手足無措。

「你的比喻很有趣，也很準確。」

「我從沒想過可以這樣準確地形容自己，如果要說現在跟從前有什麼不同，我想最大的差別在於，我比較知道自己的狀況了，以前常常聽見別人在描述自己的心情和感受，他們形容著自己所遭遇的事，即使是非常痛苦的事，我都覺得羨慕，因為他們至少知道自己在痛苦著，知道自己身在何處，可是我卻沒辦法，腦子裡像是多頭馬車似地，好幾種力量拉扯著我，說出口的話都變了調成了別人的口吻，我甚至不知道自己是痛苦的，我什麼都搞不清楚。」

「經過了這麼多次的診療，你覺得有什麼幫助嗎？」

「當耳朵聽不見的時候我應該比較知道該怎麼處理了，不過最近倒是不會聽不見了，很奇怪，好像破解了某種魔咒似的，也許以後還會這樣也不一定，就像失眠，有時候很長的時間都可以睡，但不代表不會失眠了，一段時間之後又會復發，我想這已經變成我的一部分了。」

「這牽涉到許多層面的問題，並不是短時間能夠解決的，至少現在暫時處理了緊急狀況。」

「所謂的我到底是什麼東西啊！」

「你希望看到什麼樣的自己？」

「當然不可能大徹大悟了，也不可能一夜之間改頭換面重新做人，只是希望耳朵不會再無法自制的聽不見了，就算要聽不見，也得要是我自己選擇的，希望自己不再是恍神公主，不會遺失那麼多記憶，希望我能擁有較平靜的睡眠，這樣就夠了，不過我知道即使只是一些小小的希望，都得經過漫長的努力。」

「其實你的手記裡已經透露出非常多的訊息了，你所寫的跟你所說的不再像是不同的人，你逐漸地整合起來，而這整合的過程會使你的自我感越來越強，你所作所為也不會再往兩個極端發展，所以你現在會反省過去的行為，不像從前那麼反覆無常，無所適從。」

「真的嗎？我倒不知道自己有什麼進步，我想如果真的有，也是因為你的幫助。」

「我其實什麼都沒有做啊！一切都是你自己爭取來的，你來到這裡，認真冷靜的分析自己，理出頭緒，你所做到的可能是別人花上一輩子的時間都達不到的，而我只是在一旁聆聽而已。」

「如果沒有你這麼耐心的聆聽，如果不是你給了我開口的機會，我可能永遠都無法對自己這麼坦誠。」

「所以我說心理治療是一種合作關係，在這裡，我們是工作夥伴啊！只是你離開這裡之後還是得獨自繼續奮鬥下去。」

「結束我的治療之後，你也可能會遇到另一個像我一樣的病人啊！搞不好更棘手呢？至於我，現在隨身都帶著我的筆記簿，想到什麼就寫下來，跟自己對話，我覺得我好像可以寫出點什麼，越寫越貼近自己。一開始我真的不相信這樣書寫有什麼意義，我不相信文字更不相信語言，我總是畫畫，我也不讓別人看我的畫，沒想到我竟然可以把自己做的東西給別人看。」

「其實你所寫所畫的都是非常珍貴的作品，我相信那些跟你有類似遭遇的女孩子如果能找到一個表達自己的方式，一定可以找到活下去的力量。」

「以前我什麼都不想做，只會不斷的跟男人發生性關係，陷入複雜的感情糾葛中，但現在我體內好像有一股力量推著我，我想要追求很多我從沒有追求的事物，覺得我能夠做很多事。」

「你的生活可能會有些改變吧！」

「是啊！我覺得我應該多交一些朋友，而不是老是跟人家談戀愛上床。我現在還幫一家設計公司畫插圖，我想要做一本兒童書，寫故事畫插圖全都自己來，我不要再做那些無聊的事了。」

「什麼無聊的事？」

「老是跟一些已婚的男人混啊！老是在街上遊蕩，喝酒跳舞，還有，混亂的男女關係啊！現在都不要了，我想一個人，清清爽爽的過日子。」

「什麼原因使你想要改變？」

「很奇怪，我剛來的時候一直以為你會幫我找出我得了什麼病，我以為當你知道我被性虐待的事，知道我聽不見、長期失眠、還有自殺傾向、濫交、幻聽、臉部痙攣這些現象，你會馬上宣布說我是得了『歇斯底里症』、『妄想症』、『憂鬱症』、『精神分裂症』，或者說我是『身體化異常症』、『邊緣性人格異常症』、『被虐性人格異常』，要不然就是『多重人格異常症』之類的，隨便什麼都好，給我一個簡單清楚的病名，給我一大袋藥物，讓我安心，至少我可以擁有一個名稱來稱呼自己，或者乾脆就說我瘋了。」

「你真的下過功夫念了不少書啊！難道你真的希望我這樣做？或者你也可以自我

治療。」

「本來是這樣，看醫生不就是要知道自己得了什麼病嗎？不過你並沒有這樣做，只是不停的跟我說話，耐心的聽我嘮叨，還要我寫東西，老實說起先我有點失望，我還想你一定是個草包大夫，只會耍嘴皮子。醫術肯定不怎麼高明。」

「真抱歉讓你失望了，不過你為什麼還是繼續來呢？雖然可以用健保費看，不過每個星期都得坐車子來醫院排隊掛號，還得花一個小時跟我聊天。」

「是啊！可真累人，不過我想搞不好會在醫院釣到金龜婿啊！或者有什麼豔遇之類的，你沒看我起先都精心的打扮嗎？可惜醫院裡只有一些臉色蒼白的醫生還有睡眠不足神智不清的病人。不過我還是來了，因為花一百元就可以有人耐心的聽我廢話一個小時也不錯，況且，其實你還蠻可愛的，相處久了才覺得你很聰明，是個不錯的醫生，做朋友很好，有時候你會偷偷打哈欠，我不會生氣，反而覺得你很辛苦，漸漸地就比較信任你了。」

「如果沒有基本的信任治療是無法進行的。你現在還會想知道自己究竟是得了什麼病嗎？」

「算了，我覺得那些病也只是一個名稱而已，拿來貼在額頭上也不會比較美麗，尤其是看過阿歷的媽媽之後，我不再那麼渴望想要得那些病了。」

「你是說你一直都『渴望』自己精神異常？」

「是啊！很奇怪的嗜好吧！」

「你以為如果可以證明自己精神異常，人生就會比較輕鬆、比較不痛苦嗎？」

「哪有什麼人生啊！我就是希望把自己的人生都取消，咻的一下，全部變不見，讓我的頭腦、我的意識、我的記憶、通通都消失，然後我就得救了。」

「真的可以嗎？」

「好好笑，我真是癡人妄想，根本不可能，那只會更痛苦罷了。我還是得繼續清醒的面對我自己，當我逐漸逼近那痛苦的記憶，我越來越能看清那記憶背後所隱藏的恐懼，只是我以為自己可以巧妙地躲避掉，沒想到它還是頑強地處處跟隨我，當我咬緊牙根下定決心說，好吧！來吧！我豁出去了，才發現它的力量並沒有我想像中強大。」

「你也沒有自己想像中脆弱。」

「真可惜，我這個人既沒有瘋狂到足以失去意識，也沒有脆弱到可以卸下面具，你一開始就看出來了吧！」

「我可沒辦法透視你的心理啊！我只是盡可能的想協助你從混亂的感受裡找出一些頭緒，做一個忠實聽眾，讓你安心的說出自己所經歷的事，你問過我『說出來之後呢？』其實說出來之後會如何我也無法確定，但說出來使它不再是個禁忌，也不會無限擴張影響到你生活的每一個部分，不須刻意地迴避也不怕某個記憶的片段突然出現擾亂了你，這時候你需要做的是重建自己的生活，也重新建立跟他人的關係，把失去的損壞的一一都修補、建立起來，可以說這是個起點。」

「我真的失去好多好多，不過仔細想想也沒什麼，至少我還擁有我的生命，我沒有成為一個酒鬼，也沒有吸毒，沒有去賣淫，沒有自殺成功，我過了很混亂的幾年，身體也不好，但總算是撿回一條命，而且還打算繼續活下去，這就夠了。」

「其實你可以擁有更多的。」

「但願如此。生命是很奧妙的，小時候我那麼痛苦，無數次都以為自己一定會死掉，但是我卻拚命念書畫畫，為了活下去忍受一切痛苦，一心只希望我能夠長大好脫離我的惡夢，相信只要長大，只要離開那個屋子我就能做任何事，我就會快樂，但是，好不容易長大了，卻反而不珍惜自己，糟蹋身體，浪費青春，好像有很多人愛我，也得到許多注目和關愛，我一直在逃避痛苦，卻一點都不快樂，也不知道自己真正想追求什麼？」

「我也不確定自己在追求什麼？大部分的人都是如此，都只是在嘗試，不斷的摸索。」

「所以啦！我還在尋找答案，只是我學會不只是坐著哀嚎，自怨自艾，我要自己去尋找答案，做各種嘗試。仔細想想其實我還蠻幸福的，至少我知道我喜歡畫畫，可以寫東西，我並不是全然的一無是處，不是只會做愛而已。」

「我相信跟你交往過的男人一定也是被這點所吸引的，雖然表面上你們是因為情慾而結合，但我認為真正可以使他們如此迷戀、願意為此付出代價的，是你那種強韌熱情的生命力，不是你以為的性感和做愛技術。」

「我不確定，但願是如此，我花了很長的時間才下定決心離開他們，因為這不是我現在想要的情感模式，我知道繼續下去會使我不斷的下墜，他們也會跟我一起沉淪，誰都不會得救。即使分開了，但我想我永遠不會忘記他們曾經在我最徬徨無助的時候，對我伸出援手，讓我體會到被愛的感受，一個深深被某個人需要、疼愛過的人才能對生命不放棄。我希望有一天我也能學會如何付出我的感情，不去玩弄愛情，玩弄人性。希望我能夠真正體會性愛的美好。」

「有這麼多希望得繼續活下去才能達成，你要好好愛惜自己的生命，這可是你千辛萬苦才保有的。」

「只是活下去當然容易啊！重要的是怎麼活？」

「這就是你接下來要想的問題了。」

「你是說，了解了過去之後，就要開始思考未來嗎？」

「先要知道你現在是什麼?在做什麼?這一切都在決定你的未來，而決定權在你自己手上。」

「是啊!我已經長大了，沒有人可以再要求我做我不願意的事了，不管是逼迫或是哀求都不行。」

「記得你所說的。」

「我不會再假裝忘記了。」

她拿起背包站起來，我起身去送她，她走到門邊停住，轉過身來微笑望著我，然後走近，伸出雙手來擁抱我，我並沒有拒絕，隔著薄薄的衣衫傳來她的體溫，她柔軟的身體是那麼的瘦小，但其中所隱藏的力量卻又如此強大，她對我一無所知我卻分享了她最深的祕密，這是我的工作也是我的職責，但我還付出了某種無法言宣的東西，當她藉由我的雙眼看見自己的破碎和混亂時，當我透過她的言語和文字看見她的恐懼和慾望時，我也看見了自己，那個自己是什麼呢?

她附在我的耳邊輕聲地說：

「謝謝。」

我好像做了很多，又好像其實什麼也沒有做，但她微笑的時候臉頰已不會再不自主的抽搐，她是為此而謝我嗎？或者我該為此而感謝她呢？

慢慢地，她的手鬆開我，突然轉身打開門離去，我一直注視著她的背影，直到她走到轉角，消失在走廊的盡頭。

我忽然有一種想法，或許她會就此消失不再出現了吧！以一個醫生的立場這個治療應該還要繼續下去的，她還需要我的幫助，而我也還可以繼續的陪伴她走過這漫長而不可知的復原之路，然而，這畢竟只是我自以為是而且一廂情願的想法，我深深希望能看見她終有一天能擺脫回憶的糾纏，解除失眠焦慮恐慌自虐的痛苦，我希望她可以快樂，快樂得像她應該快樂的那樣，然而，我真的知道她該怎麼樣嗎？我真的可以藉由一次又一次的交談引導她到我想像她該到達的地方嗎？我一直最不願意的就是去干涉別人的生命，因為這不是我應該，也不是我有權力去做的，而我內心真正最誠實的想法呢？我只是希望可以一直陪伴她而已，就像我希望有人可以一直在我身邊陪伴我一樣，畢竟人們都是那樣的孤寂。

攤開手中的病歷，上面密密麻麻記錄著她的話語，而抽屜裡擺放著的還有她一字一句寫下的，她的生命與記憶。

但願我也能在她的生命裡留下什麼，就像她留在我生命裡的那樣。

後來我才想起我們未曾說再見。

【最後的信件：手記之十三】

小女孩站在窗邊，小女孩蹲在床前，小女孩躺在地板上，小女孩躲在衣櫥裡，小女孩只是小女孩，而大人卻有許多張不同的臉。

小女孩洗衣燒飯，小女孩寫功課畫圖，小女孩對著鏡子練習微笑，小女孩仰著頭不讓眼淚留下來。小女孩還是小女孩，但爸爸已經不是爸爸了。

爸爸努力工作，爸爸給小女孩買新衣服，陪小女孩做功課。帶小女孩去動物園看大象，爸爸是那麼疼她，小女孩不懂，為什麼看見大象軟軟長長的鼻子捲起來伸向天空噴出花啦啦的水柱，她就哭了，天空好藍好藍，爸爸說別哭了，小女孩才擦乾眼淚，天空就哭了，好多好多的眼淚淋濕了大象的鼻子，下雨了，我們回家，爸爸說。

我不要回家，我怕大象。

為什麼那麼好的爸爸會有那麼長的鼻子呢？

天一黑，世界就變了。

好多好多年之後，她才知道，可怕的不是大象。

而是真相。

不該發生的，發生了，想要遺忘的，記得了，我的小女孩；既然如此，就不要再勉強自己了。

跟我來。

離開那裡吧！

這不會是我所寫的最後一篇手記，或許有一天，我會說出我自己的故事。

過去的過去，凝結在我身上，難以抹滅的回憶，無法言喻的痛楚，駭人的意像，時間如刀一再切割我的記憶，使我破碎又破碎，傷痕遺留在我身上，因為太傷痛使我幾乎麻木，所以我將受傷的部分都隱藏起來，深埋在自己都不知道的地方，直到有一天，那傷痕以無數種型態出現在我的身體，干擾我，破壞我，讓我不得不去逼視過去。

我發現我一方面是在探索記憶，一方面卻在重新詮釋我的記憶，記憶不是存放在某個安全的資料夾裡被收藏著的檔案，而是被埋在意識底層一顆小小的種子，可以被發覺、咀嚼、消化、吸收、排泄，也可以被創造、詮釋、理解，我一直以為有所謂的真相隱藏在某處，只要我能找出真相就可以得救，然而，那些已發生的事，樁樁件件都形成我的血肉，與我緊密連結只是我不知道而已，甚至也沒有什麼才是真正的自我，「真相」跟「真實的自我」都是不存在那個固定的地方的。

什麼是什麼呢？為什麼又是為什麼呢？好多好多問題。我不斷追問。

張開眼睛，看自己的臉，看世界，睡不著就睡不著吧！聽不見就聽不見，沒關係了，我在這裡，身體是我的，靈魂也是我的，惡魔並沒有將它們奪去，無盡的黑夜也沒有將我吞沒，我還屬於我自己。

穿過時光機器，我回到最初，那屋子，小女孩囚禁自己的地方，我來帶她走，讓她進入我的身體裡，讓她融化，與我合而為一，亭亭我的愛，不要再害怕了，不要再睜著眼睛等待惡魔下樓，不要用力咬自己的手臂不讓自己睡著，不要以為只有張開身體別人才會愛你，不要忘了說不。

小女孩，停靠在我身上，我讓你休息，沉沉地、深深地、安心地睡吧！走進夢的深處，那裡沒有誰會驚醒你抱你上樓，沒有誰會來脫掉你的衣服，沒有誰會讓你的手好痠好累，沒有誰會爬上你的臉，撐開你小小的嘴，讓你嘔吐。

好好的睡一覺，醒來，就要試著長大了。

我沒有錯。

後記*

首先要跟讀者澄清兩點，第一，我已經沒有在夜市擺攤賣衣服了，希望讀者不要繼續寫信來問我究竟在哪個夜市？也不用再到處去打聽了，這樣會失去很多逛夜市的樂趣。第二，我從來都沒有在做直銷也不是在拉保險，所以如果有自稱是陳雪的人跟你們推銷任何東西，我確定那只是同名同姓而已。

寫這幾句話好像有點三八，其實只是希望讓你們在讀完這本厚重又沉重的小說後，可以微笑一下而已，請不要介意。

好了，言歸正傳。

*本文為一九九九年初版〈後記〉。

每次寫完一篇小說我就由它去自生自滅，再見面多半都是出版前的校對（至於那些沒有收到任何一本書裡的，就成了冷宮的怨婦），這次也是如此，去年十月就完成的小說，卻好像已經跟我無關了似的，此刻的我是在連夜地做三校的時候，我一向容易寫別字，校對也不太容易發現自己的錯字（話說當年我畢業時做過許多工作，唯一可與文學扯上邊的是一個校對的工作，不過應徵第一關測驗的時候就因為找不出足夠的錯誤立刻被刷了下來，後來我謊報自己只有高職畢業，終於順利地在出版社附近找到了餐廳服務生的工作），為了不希望出版後才被朋友發現書裡的錯誤，我不得不非常謹慎地一字一句讀著自己的小說，真是怪異的感覺，彷彿這小說不是我寫的似地，我一邊小心地讀著，一邊冒著冷汗。

校到一百三十七頁的時候，才產生「我確實是這小說的作者」的感覺。

然後這兩年多的歲月開始一一在我眼前快速地倒帶重播，難怪我會冒冷汗，這確實是應該冒冷汗的一大段日子。

至少有二十次以上，不斷有人來問我：「你是不是不寫了？」

這種話聽多了會成為一種事實，最可怕的說法是有人預言似地說：「陳雪寫完自己的故事後，差不多就寫不出什麼了。」

幸好說這話的人是個評論家而不是算命師。

我怎麼都不知道自己曾經寫過的那些是我自己的故事啊？是不是我有失憶症？

不過，寫完《愛上爵士樂女孩》之後我確實也沒有寫出什麼像樣的東西，那些話聽來倒也中肯。

江郎才盡了吧！

不然，那我每天晚上坐在電腦前敲敲打打寫著的那些東西到底是什麼啊！我自己也很想知道答案。

不過首先我要面對的棘手問題是，我睡不著。

當夜晚睡不著覺而寫出的東西又不像樣的時候，原本徹夜寫作的樂趣就成了一種煎熬，更何況白天還有一大堆拚命追趕著的工作要做，滿屋子的手錶千萬只同時在走（是的，現在我在手錶公司做外務，不要問我在哪一家公司，因為就在我自己家裡），時間彷彿百萬倍地被縮短了，而這樣兵荒馬亂的時候我還能夠張著眼睛睡不著覺，真是浪費。

人家說小說寫不好的時候就是該好好念點書的時候了，有道理，不過我卻遺憾地發現，我其實已經快要看不懂字了（看過《七夜怪談》嗎？是的，那時候我讀書所看到的就像是錄影帶裡不斷跳躍扭曲變形的那篇火山爆發的報導）。

一直以來都是晝伏夜出的習性，習慣了在深夜裡寫東西看書，有時白天工作忙，幾天都沒睡好，年輕時還不怎麼感覺損耗，兩年前卻因為一些事把生活作息全部打亂，等發現不對勁的時候，我已經好長一段時間都睡不好了。從前彷彿是我的標的般出現在小說裡的夢遊囈語，竟然搬到實際生活裡來（這麼看來我寫過的某些小說好像附著到我身上來了），整個人真是名副其實的空白狀態，許多次沒來由地讓手裡的杯子滑落，看書也不能懂得那些字句的意思，還有許多不知如何形容（其實我自己也不記得了）的奇異行徑，據消息可靠人士的說法，我就像是少了關鍵性的好幾片而無法拼湊完整的拼圖一樣。

我想我大概是生病了。

所謂的失眠症已經爬上了我的身體，占據了牢不可破的王位，穩當地取代了我的名字，而且還招兵買馬地攻下我意識的版圖。沒錯，毫無疑問、不折不扣地，我已經成了一個失眠者。

這就是這個小說的開端。

其實一開始我想寫的只是一個關於失眠的故事，為什麼發展到後來會成為這樣的主題，我想這就是寫小說迷人的地方，有時候你會走到自己都意想不到的地方，而那岔出原本苦心經營籌畫的主題自行發展開來的，往往是對寫作者最有趣的實驗。

因為失眠幾度懷疑自己得了憂鬱症，原本讀書都無法集中精神，卻只對精神疾病有關的書籍感興趣（其實是因為一開始我都不肯看醫生，而自認為可以自己治療），為了打發漫漫長夜，我買了一本又一本的書回來，看完了憂鬱症又找了躁鬱症，然後是精神分裂症，接著發現了討論創傷記憶的書，然後就像廣大的傳銷體系似地，許多的書本不自覺地沾親帶故，彼此相關，如此拉拉扯扯，原本為了打發時間才看的書，將我導引到另一個全新的領域。本來只是想寫與失眠有關的小說，意外地，發展出創傷記憶的主題，而為了寫這個題材，不得不又找了許多資料，甚至還破例地上網路去查詢，也因此有許多國內國外熱情的朋友，e-mail 給我她們自己的故事，也幾度因為想要唸更多的原文書而發憤把英文念好（當然最後還是放棄了，人到了某個年紀學習力真是退化得厲害）。總之，我一邊對付著惱人的失眠症（真的只是失眠症嗎？醫生說我還不算憂鬱症，雖然我總覺得憂鬱症聽起來似乎比較適合作家，而且在好幾次演講座談會的場合，慕名而來的讀者曾經好失望的大叫『騙人！你怎麼可能是陳雪？』仔細問來，才知道原因是我沒有想像中的憂鬱美麗），一邊像傻瓜一樣笨拙地寫著自己完全不拿手的題材，雖然許多次心虛地覺得自己實在沒有什麼專業知識，不清楚自己幹什麼自討苦吃地非要這樣寫不可，因為我一向寫實能力奇差無比，而且從來也沒有寫過超過四萬字的東西，還有一直這樣寫著虛構的對白，不知不覺就養成了自言自語的習慣。第一次寫長篇就挑了自己完全陌生的東西，真是驚險，不過，反正失眠嘛！做什麼都比睡不著發呆胡思亂想強。

就這樣，經過幾次寫了一兩萬字又全部重來，經過無數個不能入睡的深夜還要對著電腦胡言亂語，弄壞了一部朋友給我的電腦（我發誓，清醒的時候我真的沒有把它怎麼樣），總之，有一天晚上我發現這小說竟然也毫髮無傷地進行到了十萬多字，我竟完成了這個小說。

對於小說究竟要傳達什麼，這不是我寫這篇後記的目的，我想寫的其實是一長串感謝的名單。

如果沒有以下這些人的幫助，讀者可能看不到現在捧在你們手裡的這本書。首先要感謝國家文化藝術基金會的補助，那彷彿及時雨般的經濟援助真的解決了我許多的困難，也給了我可以安心寫小說的最好理由。感謝陳登義醫師，因為他的協助與鼓勵使我逐漸恢復信心與健康，終於能再次提筆寫作。感謝王浩威先生不厭其煩地為我解答許多許多問題，也介紹了許多相關的書籍給我看，當然他的書也使我那排書陣增加了長度。感謝路寒袖先生願意在《台灣日報》副刊上連載這個長篇，使它能被更多的人看見。感謝我的老師曾昭旭先生與師母楊長文女士，多年來我一直是他們頭痛的學生，但他們卻微笑地接納了我的乖戾，陪伴我度過許多次的危難與困厄。謝謝的我好友紀大偉，至於感謝的理由我想不必寫出來了，他一定明白。感謝我的好友王曉琳，在我還不是陳雪，也沒有任何人知道我能夠寫作時，她一直堅定地相信我可以，即使在我生病時許多次無理地做出令她不解的行徑時，她從沒有放棄我。謝謝初安民先生、江一鯉小姐這幾年來一直不斷敦促我寫作，並大力地促成此書的出版，謝謝葉美瑤小姐耐心地讀完我的初稿並給予許多寶貴的建議，才使如今呈現在書裡的小說有了更完整的面貌。謝謝彥寧長期以來對我的鼓勵與照顧。謝謝陳俊志許多次徹夜與我長談，他那非凡的戰鬥力與旺盛的創造力不斷地鼓舞著我。謝謝佩君一直做為我最忠實的讀者，並給予我許多寫作上珍貴的建議。謝謝遠在異鄉的 Lynn 及許多我不便寫出名字卻為我提供了故事與資料的朋友。最後要感謝的是我非常喜歡的作家，Lawrence Block（勞倫斯・卜洛克），當然他並不會知道我的感謝，更不會知道在臺灣有個女孩子這麼喜愛他的小說。

我第一本讀到他的小說是《八百萬種死法》，說來好笑，那時候每個星期二下午我都要看醫生，看完醫生的空檔有時候我會到書店逛等慶來載我回去，無意間瞥見這書，其實是把它當成像「完全自殺手冊」之類的書才買來備用的，因為那時候根本沒辦法看書，所以買了也沒有讀，然後某個非常沮喪無助的夜裡，隨手就拿起來翻翻，沒想到竟然欲罷不能，一口氣全部看完。

就這樣開始可以看書。很久之後才可以開始寫作。

就像寫作救了我一樣，我一直深信一本好的小說一定會在某個特定的時刻拯救了某個孤寂的靈魂，後來我陸陸續續買齊了他在臺灣已被翻譯發行的十二本小說，而且每一本都看過兩次以上，隨著那不斷參加匿名戒酒協會的偵探馬修步行在紐約的街道上，一次又一次「拍拍屁股敲門去」，完成了屬於我自己的小說，許多次在任何可能的場合我都會不斷告訴朋友應該去買他的書來看（如果我也能這麼用力地宣傳我自己的書可能我的書會賣得好一點但是我沒有這種勇氣），我還記得我那時不斷告訴自己要活下去，至少要看完每一本他的小說（還好他的小說實在很多，而且他還活著仍在不斷地寫作），他不斷地思考關於死亡，各式各樣的死，我讓自己在閱讀死亡以及書寫死亡的過程中，活了下來。

會不會也有某個人在某個深夜裡讀了我的小說而免去了死呢？

為此，我便要不斷不斷地寫著，夜夜頁頁，回到我的桌前，即使我現在還是為了失眠所苦，即使我從來也不是幸福快樂的人。

最後，我要把這本書獻給所有「惡魔的女兒」，那些飽受摧殘仍堅毅求存的女孩們，這原本就是為了她們而寫的小說，而我所能做的也只是寫小說而已。

國家圖書館出版品預行編目資料

惡魔的女兒 / 陳雪著 . -- 二版 . -- 臺北市：
聯合文學出版社股份有限公司 , 2021.11

304 面 ；14.8×21 公分 . -- （聯合文叢；688）

ISBN 978-986-323-417-3(平裝)

863.57　　　　110016476

聯合文叢 688

惡魔的女兒

作　　者／陳　雪
發 行 人／張寶琴

總 編 輯／周昭翡
主　　編／蕭仁豪
資深編輯／尹蓓芳
編　　輯／林劭璜
資深美編／戴榮芝
業務部總經理／李文吉
發行助理／林昇儒
財 務 部／趙玉瑩　韋秀英
人事行政組／李懷瑩
版權管理／蕭仁豪

法律顧問／理律法律事務所
陳長文律師、蔣大中律師

出 版 者／聯合文學出版社股份有限公司
地　　址／(110)臺北市基隆路一段 178 號 10 樓
電　　話／(02)27666759 轉 5107
傳　　真／(02)27567914
郵撥帳號／ 17623526 聯合文學出版社股份有限公司
登 記 證／行政院新聞局局版臺業字第 6109 號
網　　址／http://unitas.udngroup.com.tw
E-mail:unitas@udngroup.com.tw

印 刷 廠／沐春行銷創意有限公司
總 經 銷／聯合發行股份有限公司
地　　址／(231)新北市新店區寶橋路235巷6弄6號2樓
電　　話／(02)29178022

出版日期／ 1999 年 6 月　初版
2021 年11月　二版一刷
定　　價／ 380 元

ISBN 978-986-323-417-3（平裝）